ギリアム
ルーファス
レナード

登場人物紹介
ピーちゃん
バードン
おチュン
ファイヤーバード
ラギオス
レッドアイズ・
ホワイトフェザードラゴン
カイエン
サラマンダー

「いでよ、我がしもべ。
レッドアイズ・ホワイト
フェザードラゴン！」

召喚スキルを継承したので、極めてみようと思います！
～モフモフ魔法生物と異世界ライフを満喫中～

えながゆうき　イラスト：nyanya

1

CONTENTS

第一話 スキル継承の儀式

「おめでとうございます。あなたに異世界転生チケットが当たりました」

「は？」

大学からの帰り道、いつものように近所の野良猫たちとキャッキャウフフしていると、突然、声をかけられた。

モフモフは俺の心の癒やし。楽しいときも、うれしいときも、悲しいときも、つらいときも、モフモフたちはいつも優しく俺を包んでくれる。

モフモフこそ至高。モフモフと戯れているときがこの世で一番生を感じる。そんな俺のモフモフタイムを邪魔するのは一体だれだ。しかも意味不明なことを言っているし。

そもそも、そんなものが当たるクジなんて引いた覚えはないぞ。

顔をあげると、目の前には真っ白な服を着た、暗褐色の瞳の美少女が立っていた。そのつややかで美しい黒髪は腰の辺りまで伸びており、不思議なオーラを放っている。

年齢は高校生くらいだろうか。顔つきや、身長から推測すると、俺よりも年下なのは間違いないだろう。

こんな人気のないところで大学生と高校生が話をしていたら、不審に思われるのではないだろうか？　それに今、「異世界転生チケットが当たった」とか言ったよな？

一体、この子は何を言っているのだろうか。まさか。

「あの、ドッキリか何かですか？」

「いいえ、違います。これをどうぞ」

そう言って、映画のチケットのようなものを渡された。そこにはしっかりと〝異世界転生チケット〟と書かれていた。しかも、右下辺りに爆発したような吹き出しで〝特別優待〟と書いてある。

これは一体……？

詳しく話を聞こうと思って顔をあげると、すでに黒髪の美少女の姿はなかった。

何これ怖い。ホラーかよ！　ホラー要素は苦手なんだけどなー。そう思いつつ、いつの間にかいなくなった野良猫たちにションボリとしながら家へと帰った。


夢を見ていた。

何を話しているのかも分からない声と一緒に、上げ下げされる俺の体。その浮遊感は間違いなく本物で、とても夢だとは思えなかった。

確か夢の中だと、痛みとかの感覚は感じないんだったよな。そうなると当然、浮遊感も感じるはずがないわけで……。

これは夢じゃない、現実だ！　だがしかし、声を出そうにも声が出ない。目もよく見えない。ついでに体もうまく動かせない。

もうダメだ、おしまいだ……。そう思っていたのだが、何か温かいものに包まれるような感触があった。それがとっても柔らかくて気持ちよくて、俺の中に芽生えていた恐怖を完全に取り払ってくれた。そして同時に、心地よい眠りを俺に提供してくれたのであった。

はい、そんなわけで、あのチケットに書いてあった通り、気がついたら転生してました！

初めこそ、「そんなわけあるかー！」とムダなあがきをしていたのだが、数日たっても夢から全然目覚めないので色々とあきらめました。

どう見ても赤子です。本当にありがとうございました。目はまだよく見えないけど、何度も口元に当てられてる突起物はおっぱいの先っちょだと思う。そして赤子は母乳を飲まなければ生きてはいけない。しょうがないよね。決してやましい行為ではないのだ。

天国にいる父ちゃん、母ちゃん、すまねぇ。オラ異世界転生しちまっただぁ！

それからあっという間に一年がたち、二年が過ぎた。さすがにこのころになると、自分の置かれている状況を理解できるようになった。

俺の名前はルーファス。両親と二人の兄が俺のことをルーファスだったり、ルーちゃんだったりと呼んでいるみたいなので、ほぼ間違いないだろう。

新しい言語を覚えるのは大変だろうな、と思っていたのだが、どうやら俺の頭の出来は悪くはなかったようだ。スポンジが水を吸収するかのように、特に苦労することもなく言語を習得することができた。

そしてなんと､俺はエラドリア王国の第三王子なのだ。あのチケットに書いてあった〝特別優待〟とはこのことだったのか。

……このことであってほしい。これで何かチート能力でも与えられていたら、勇者に祭り上げられて魔王討伐とかさせられそうで怖い。頼むからそうでありませんように。

そんなことを思うのは、何を隠そうこの世界が剣と魔法の世界だからだ。

文明自体は中世から近世ヨーロッパと同程度のようである。もちろん電化製品なんて便利なものはない。なんなら魔道具といった便利なものもない。でも魔法と魔法薬はある。この世界は独特の進化を遂げているようだ。

「ルーファス、今日はお庭をお散歩しましょうね～」

「あい！」

俺は周囲に不審な目で見られないように、できる限り赤子を演じることにした。

小説の中の主人公たちは小さいころから目立つような行動をしているけど、よくそんな度胸があるよね。俺にはとてもできない。

そうして子供を演じる日々は続き、俺は七歳になった。王族としての教育もあって、今では立派な紳士である。まだ小さいけど。

盛大な七歳の誕生日が行われてから数日後、この世界の住人たちにとっての特別な日がやってきた。

この日、七歳になった子供たちは〝スキル継承の儀式〟というものを行い、その身に何かしらのスキルを宿すのだ。当然のことながら、俺もその儀式をすることになる。ドキドキするね。

「緊張しているのかい？　ルーファス」

イスに座る俺の前に大きな影が差した。このシルエットはギリアムお兄様だな。最近では次期国王としての仕事もしているので、とっても忙しいはずなのに。

「それはそうですよ。どんなスキルをもらえるのか、みんな気になると思います」

ちょっとからかったような口調は、俺の緊張をほぐそうとしているからなのだろう。どうやら俺のことが心配になって、様子を見にきてくれたみたいだ。

月のように輝く、ギリアムお兄様の銀色の髪は肩までまっすぐに伸びており、サファイアブルーの瞳はどこか楽しげである。

俺の髪は耳にかからない程度の長さだが、髪と目のカラーリングはギリアムお兄様とよく似ている。あえて違うところを探せば、俺の髪の色がギリアムお兄様よりも、少しだけ青みがかっているところだろうか。

それよりも。俺、そんなこわばった顔をしてた？　ダメだな、表情筋をほぐさないと。

顔をムニムニしていると、レナードお兄様がこちらへと向かってきた。騎士団に所属しているため、黄金のような金色の髪を短く刈り込んでいるが、目の色は俺たちと同じ、サファイアブルーである。目の色は兄弟そろってそっくりだ。

もしかしてそろそろ儀式が始まるのだろうか？　なんだかさらに緊張してきたぞ。

「お兄様、スキル継承の儀式が間もなく始まるみたいです。さあ、一緒に行こう、ルーファス」

「レナード、私も一緒に行くよ」

兄二人から両方の手を握られた俺は、捕まった宇宙人のような状態で連行されていった。

お兄様たちとは十歳以上も年が離れているんだよなー。もしかして俺が生まれたのは予定外だったのかな？　いや、そんなことはないか。こんなに家族から愛されていることだし。

王城で行われる〝スキル継承の儀式〟に参加するのは、王族である俺と、王都に住む高位貴族、それから役職を持った高官の子供だけである。いつもは三人程度なのだが、今回に限っては十人以上いるようだ。

これってあれだよね。俺の誕生に合わせて、子供を作ったということだよね？　学園の同級生として俺と仲良くなれば、色々と便宜を図ってもらえると思っているに違いない。貴族って怖い。

俺の儀式は最後に行われることになっている。今も目の前では、子供たちが教皇様からスキルを授かっていた。

教皇様を呼びつけるって、なかなかできることではないよね。それはまるで、この国の王家と教会の力関係を如実に表しているかのようであった。

「ルーファス・エラドリア様、こちらへ」

「はい」

いよいよ俺の番だ。緊張感はクライマックスである。おなかが痛い。

ちなみにスキルに関しての優劣は存在しない。どんなスキルでも使い方次第で、有用にも、無用にもなるからだ。

つまり、必要なのはスキルを授かってからの個人の頑張りってこと。

「それではこちらの水晶に手を当てて下さい。大丈夫ですよ。少し光るだけですから」

「はい」

丸い水晶の大きさは大人の頭ほどである。その水晶の上にドキドキしながら手を乗せた。すると、水晶がパアッと一瞬だけ輝いた。これまで見てきた子供たちのときと同じ反応。

どうやら強い光が放たれて、「な、なんの光ー!?」とはならなかったようである。よかった。普通で。

「ルーファス王子殿下にスキルが備わりました。召喚スキルです」

おおお！　と会場内からどよめきがあがった。聞いたことがないスキルである。もちろん、一緒に儀式を受けた子供たちの中に、同じスキルを継承した人はいなかった。

それもそのはず。この世界には多種多様なスキルが存在するのだ。十人程度で同じスキルが継承されることはまずない。

会場がどよめいたということは、その中でも珍しいスキルだったのは間違いなさそうだ。

もしかしてチートスキルだった？　そんな不安が頭の中をよぎっている間に、俺の父親である国王陛下が玉座から立ち上がった。胸の辺りまで伸びた黄金色の髪がサラリと揺れる。

お父様のサファイアブルーの瞳がこちらを向いた。

なんかお父様の目、輝いてない？

「召喚スキルか。実に面白いスキルを授かったな。そのスキルは国内でも数人しか持っておらず、現在もどのようなスキルなのか、よく分かっていないのだよ」

笑顔でお父様がそう言った。よかった。「なんだそのハズレスキルはー！」とか言われて、国外追放とかされなくて。どちらかと言えば、あのお父様の目は召喚スキルに興味津々なんじゃないかな？

いずれにせよ、どうやら無事にスキル継承の儀式は終わったようである。フウ、ヤレヤレだぜ。

「フム、ちょうどよい機会だ。ルーファスを召喚ギルドのギルド長に任命しよう。ルーファスよ、召喚スキルの謎を解明するのだ。それがお前の使命だ」

は？　いきなり何言っちゃってるのお父様ー！　スキルをもらったばかりの七歳児に、ホイと与えるような役職じゃないでしょうが！

クックックッとお父様が笑っている。おそらく驚いている俺の顔がよほど面白かったのだろう。

こんなとき、どんな顔をすればいいのだろうか。

助けを求めてレナードお兄様とギリアムお兄様の方を見ると、二人とも似たような顔で苦笑いしていた。

どうやら二人のときも、俺と同じような無理難題を言われたようである。

これが、これがお父様のやり方かー！

「そんな顔をするな。この国の召喚ギルドに所属しているのは二人。ルーファスを入れると三人になる。二人ともこの王城で働いているので、あとであいさつに行くといい」

いまだにニヤニヤとしているお父様がそう締めくくった。

どうやら試されているみたいだな。ここは無能の烙印を押されて、お城から追い出されないようにするためにも、少しはいいところを見せる必要がありそうだ。

「召喚ギルドのギルド長に任命していただき、まことにありがとうございます。すぐにあいさつに行って参ります」

「ルーファスは堅いなー。そんなんだと、身が持たないぞ？　どうしてこんな子に育ってしまったんだ」

「……」

嘆くお父様。堅物で悪かったね。でもこんな公の場で〝手を抜きなさい〟みたいなことを言うのはどうかと思うよ？　あとでお母様に怒られても知らないからね。

チラリとお母様を見ると、口元に扇子を当てて眉をゆがめていた。緩いウェーブのある、銀色の長い髪がフルフルと左右に揺れている。サファイアブルーの目はあきれたようにお父様を見ていた。あれはあとでお母様から説教されるな。


スキル継承の儀式を無事に終えた俺は、その足でさっそく召喚ギルドへと向かった。使用人に案内されて向かった先は、まだ一度も足を踏み入れたことのない場所だった。

大体さ、このお城、広すぎるんだよね。王族が全員集まったとしても、こんな広さは必要ないでしょ。

王族としての威厳を保つためには必要なのだろうとは思うが、その広いお城の中を移動する七歳児の身にもなってほしい。

こうなったからには、その召喚スキルとやらで、俺の足となる動物を召喚しよう。

もっとも、俺が想像している〝召喚スキル〟とはまったく違う可能性もあるけどね。

召喚スキルを使うことで、モフモフな仲間たちを呼び出すことができるのではないかと俺は思っているのだが、まさか、魔界から怪しげな生物を呼び寄せるようなスキルじゃないよね？

エロイムエッサイムとか言って、ガーゴイルとかサキュバスとかインプとかを呼び出すスキルじゃないよね？　ネコちゃんを、ワンちゃんを、ウサギちゃんを、モフモフを、モフモフ成分を俺にくれー！

「第三王子殿下、ここが召喚ギルドになります」

「ハッ！　いつの間に……あり……ここまででいいよ」

危ない危ない。また「ありがとう」って言うところだった。禁止されているんだよねー。王族が下々の者に使う言葉ではないとか言われてさ。わけが分からないよ。

ありがとうって言ってもいいじゃない。人間だもの。

一礼をしてから使用人が去っていく。もちろん一人でこの場に残されたわけではない。俺の近くにはバルトとレイという名前の二人の護衛騎士がついているのだ。

バルトはすごく体格のいい、言うなればゴリラみたいな感じ。そしてレイは細マッチョのカンガルーのようである。そんなことを二人に話したら怒られるかな？

「バルト」

「ハッ！」

バルトが扉をノックした。王子ともなれば、扉のノックさえさせてもらえないのだ。不自由すぎる。

即座に扉が開いた。どうやら俺がここへくることをあらかじめ知っていて、扉の前で待機していたようである。そのくらい、扉が開くのが早かった。

　おそらく俺が使用人に案内を頼んだ段階で、他の使用人が召喚ギルドに連絡を入れたのだろう。王子を待たせるわけにはいかないからね。ほんともうやだ。俺は待つさ、いつまでも待つさ。扉が開いてくれるそのときまで。

「お待ちしておりました、ルーファス王子。元召喚ギルド長のセルブス・ティアンです。以後、よろしくお願いいたします」

　そう言って、片眼鏡（モノクル）をかけた、オールバックのナイスミドルな男性が頭を下げた。ビシッとした臙脂色（えんじいろ）の燕尾服（えんびふく）はどこか執事を連想させるものがある。名前も早口で言うと、「セバスチャン」に聞こえそうだ。

　気まずい。とっても気まずい。なぜなら俺は、つい先ほど彼の役職を奪ったばかりだからである。ここは一発ギャグでこの窮地を切り抜けるべきだろうか？

「ルーファスです。これからよろしくお願いします」

「ご丁寧にありがとうございます。セルブスとお呼び下さい。その、敬語も必要ありません」

　そう言いながら上目づかいでチラチラとこちらの機嫌をうかがうように見るセバスチャンじゃなかったセルブス。相手が子供だとしても、やっぱり王族から敬語で話されるのは負担になるか。

　何も知らない人から見たら、不敬なことをしているようにしか見えないからね。しょうがないか。

「分かったよ、セルブス。ところで、召喚ギルドに副ギルド長はいるのかな？」

「いえ、おりません」

「そうか。それじゃ、召喚ギルドの長として、セルブスを副ギルド長に任命する」

「ハッ！　確かに拝命いたしました」

深々と頭を下げるセルブス。これでよし。セルブスも予想していたのだろう。戸惑っている様子はなかった。

俺は召喚ギルドのお飾りでいい。トップに座るが命令はせず、である。人それを丸投げと言う。

「それじゃセルブス、中を案内してよ」

「かしこまりました」

先ほどよりもセルブスの表情が柔らかくなったように感じる。俺が変な命令を出すような王子じゃなかったから安心したのかな？　それもそうか。王族以外には、俺がどんな性格をしているのかなんて、ウワサくらいでしか聞いていないだろうからね。

召喚ギルドがあるのはそれほど大きな部屋ではなかった。小学校の教室くらいの広さだろうか。それでも俺を含めて三人しかいないそうなので、とても広く感じることだろう。

部屋の中には三人目のギルド職員がいた。

ショッキングピンクの髪を肩の辺りで切りそろえた、深紅の目を持つ女性である。顔つきは美人というよりかはかわいい系だな。身長が低くて十歳前後に見えるが、さすがに成人していると思う。

そうなると、十五歳以上になるな。とてもそうには見えない。この世界の住人って、みんな若作りなんだよね。お母様もしかり。不思議だな。魔力が関係しているのかな？

その子は俺の姿を見ると、シュバッと音が鳴りそうなものすごい速さで立ち上がった。明らかに緊張している。まさか俺が召喚スキルを継承するとは思わなかったのだろう。なんと言っても、超レアなスキルみたいだからね。

「ララ、でしゅ。よろしくお願いします」

かんだ。間違いなくかんだ。だがララは何事もなかったかのように、ものすごい速さで頭を下げた。

うーん、まずはララの緊張をほぐすところから始めないといけないな。そしてどうやら、俺が命令するまで頭をあげないつもりのようである。どうしよう。すごくやりにくい。

「ララ、頭をあげていいよ。新しくギルド長になったルーファスだ。これからよろしくね。そして隣にいるのが、たった今、副ギルド長になったセルブスだ。ララは……俺の秘書にでもなってもらおうかな？」

軽く冗談を言うと、ようやく頭をあげてくれた。これで一歩前進だな。それではまずは、召喚スキルがなんたるかを聞かないといけない。

「秘書……ですか？」

コテンと首をかしげるララ。もしかして冗談に聞こえなかったのかな？　真面目（まじめ）な女の子なのかもしれない。変なことを言うのはやめておこう。

「ああ、えっと、何か役職があった方がやる気が出るかなと思って。それよりも、召喚スキルがどんなものなのか教えてもらえないかな？」

そう言いながら二人の顔を交互に見た。ララは挙動不審になり、セルブスは一つうなずいた。

「それでは召喚スキルについて書いてある本を持ってきますので、少々お待ち下さい」

「いや、俺も一緒に行こう。本がある場所を知っておきたいからね」

「失礼いたしました。こちらに召喚スキルについての本を置いている書庫があります」

セルブスとララについて行くと、ウォークインクローゼットくらいの大きさの、小さな部屋に案内された。その部屋には縦長の机と、両サイドに本棚だけが置いてあった。一つだけある窓には分厚い暗緑色のカーテンが下げられており、外からの光を完全に遮断している。

ララがロウソクに火をともすと、徐々に部屋の中が明るくなっていった。

なんとそこには！　申し訳程度の本が棚に並んでいるだけだった。

なんだろう、このちょっとガッカリした気分は。本当にレアスキルなんだな、召喚スキルって。

この本の量から、ほとんど研究されていないようだ。

机にはイスがなかった。どうやら立ち見専用のようである。そうなると、必要なら本を先ほどの部屋に持っていって読む形式なのかな？　それならセルブスが本を取りにいこうとしたこともうなずける。

そのわずかにある本の中から、セルブスが一冊を選び俺の前に置いた。どうやらこの本に召喚スキルの基礎が載っているようである。

ワクワクする心を抑えながら、慎重にその本のページをめくった。ん？　この本、薄くない？

同人誌の即売会の薄い本よりもさらに薄いぞ。

パラパラとページをめくる。そこには動物の絵が描いてあった。でもなんだろう、これ。どれも初めて見る動物ばかりだな。

これでも俺は、この世界のことを少しでも知ろうと思って、王城図書館にはよく通っていたのだ。読んだ本の中には、当然、図鑑なんかも含まれている。

俺が見た図鑑の中には、動物図鑑や、魔物図鑑なんかもあった。だが、ここに描かれている動物たちは、それらの図鑑には載っていない生き物ばかりだった。

もしかして、召喚スキルで呼び出せるのは普通の生き物じゃない？　そして少なくとも、ガーゴイルやインプのような悪魔系の生き物でもないようだ。ホッ。

困惑してセルブスを見ると、ニッコリと笑いながらうなずいた。もしかして俺がそのことに気がつくかどうか試したのかな？

「ルーファス王子がお察しの通り、その本に載っている生き物は動物でも、魔物でもありません。我々はその生き物を〝魔法生物〟と呼んでおります」

「魔法生物……それじゃ、召喚スキルで呼び出すことができるのは、この魔法生物という生き物になるのか」

魔法生物には一応、それぞれに名前がついているようだ。しかしその種類は決して多くない。いや、少ないと言っていいだろう。
……召喚スキルってハズレスキルなんじゃね？　俺の胸の内側でムクムクとそのような疑惑が膨らんでいく。だがここでそれを言えば、セルブスとララを崖の下へ蹴り落とすことになってしまう。黙っておこう。

「セルブス、召喚スキルを使っているところを見てみたいんだけど、ダメかな？」

「いいですとも。お見せいたしましょう。ですが、この部屋は狭いですので、先ほどの部屋へと戻りましょう。その本はルーファス王子がお持ちになってもらっても構いませんよ」

「そうさせてもらうよ」

この図鑑を隅から隅まで読めば、魔法生物を召喚することができるようになるのだろうか？　実に楽しみだな。

先ほどの部屋へ戻ると、さっそくセルブスから召喚スキルを見せてもらえることになった。ドキドキしてきたぞ。

「それでは……セルブス・ティアンの名において命じます。顕現せよ、マーモット！」

その瞬間、セルブスの体から発せられた光が彼の足下に集まった。

それは徐々に生き物のような形になり、最終的には大きいリスというか、プレーリードッグのような生き物の姿になった。図鑑の中に描いてある、マーモットの絵そのままである。

「これがマーモット！　触ってみてもいい？」

「もちろんですとも。私が命令をしない限り、かんだりすることはありませんので安心して下さい」

マーモットの茶色い毛を触ってみる。見た目通り、ゴワゴワとした毛並みだな。モフモフとはほど遠いが、これはこれでいい感じの触り心地である。

ああ、癒やされる。俺が欲しかったのはこれだ。もっと、もっと俺にモフモフ成分を分けてくれ！

これはセルブスに頼んで、次のモフモフを呼び出してもらわねば。

「他には呼び出せないの？」

「あと一種類、呼び出せます。セルブス・ティアンの名において命じます。顕現せよ、バードン！」

なるほど、自分の名前を言って命令すれば魔法生物を呼び出せるのか。思ったよりも簡単そうだな。

フムフム、と観察していると、再びセルブスの体から光が発せられ、今度は左肩に小さな鳥が出現した。赤いくちばしに白い羽。どう見ても文鳥だ！

「モフモフだぁ！　セルブス、バードンを触ってみたい」

「モフモフ？　ええと、どうぞ」

困惑しながらもバードンをこちらへ渡してくれた。この羽の柔らかさ。まさしくモフモフだ。飼いたい。このモフモフを部屋で飼いたい。

どういうわけか、この世界には動物をペットとして飼うという習慣がないんだよね。ネコもイヌも動物として存在はしているので、非常に残念である。

だがしかし、さっきまでの暗い俺とはさようなら。

召喚スキルがあれば許可がなくとも合法的にモフモフのペットを飼うことができるのだ！

「ララは？　ララは何か呼び出せないの？」

「あの、私はまだマーモットしか呼び出すことができませんので……」

悲しそうに眉を下げるララ。

え、もしかして、これで終わり？　そんなことってある？　ダメじゃん召喚スキル！

ガッカリしている俺に気がついたのか、キョロキョロ、モジモジと身じろぎするララ。そしておもむろに少しだけ前に出た。

「ラ、ララの名において命じます。顕現せよ、マーモット！」

ララの体が輝きを放つと、先ほどのセルブスと同じようにその光が足下へ集まった。そしてセルブスが召喚したのとまったく同じマーモットが出現した。これがララが召喚したマーモットか。

そして分かってはいたことなのだが、やはりララは平民の出だったようである。

この世界で家名を持つのは貴族だけなのだ。つまり、セルブスは貴族の出であるということである。

「ララのマーモットも触ってみてもいい？」

「も、もちろんです。どうぞ、ご自由にお触り下さい」

許可をもらうと、さっそくララが召喚したマーモットを観察する。隣にセルブスが出したマーモットを並べて見比べてみるが、完全に一致しているようだ。つまり、どういうことだってばよ。

「セルブス、まったく同じに見えるんだけど？」

「ルーファス王子のおっしゃる通りです。マーモットを召喚すれば、すべて同じ姿で顕現するのですよ」

なるほど、召喚された魔法生物に個性はないけど皆平等ってわけね。それがいいのか悪いのかは分からないけど、召喚スキルとはそういうものだと思うしかないな。

それはそうとして、一つ気になることがあった。

「このマーモットは何ができるの？」

「鋭い前歯でかみつき攻撃を行うことができます」

「……それじゃ、バードンは？」

「くちばしでつつくことができます」

「な、なるほど」

うーん、召喚スキル、大丈夫なのか？　これ完全にハズレスキルですよね？　不幸中の幸いは、召喚スキルを継承する人がほとんどいないということだろうか。

仮にもっと多くの人が継承するスキルだったら、「やーい！　お前の召喚スキル、ハズレスキル！」とか言われて、からかわれることになっていたに違いない。それはつらい。

「ルーファス王子も練習してみますか？　召喚できるようになるまでに、どのくらいの時間がかかるのかは分かりませんが」

セルブスの言葉を聞いて確信した。魔法生物を召喚するのはものすごく難しいのだ。セルブスだって、長年、召喚スキルを研究してきたはずなのに、マーモットとバードンの二種類の魔法生物しか呼び出せないみたいだからね。ララにいたってはマーモットのみである。

前途多難。でもなぜだろう？　オラワクワクしてきたぞ。だって召喚スキルを使って魔法生物を呼び出すことができれば、気兼ねなくそれをモフることができるのだ。

先ほど見せてもらった魔法生物図鑑の中には、モフモフの魔法生物の絵もあった。可能性はゼロじゃない。

ならいつから練習するか。今からでしょ？

「やるよ、セルブス。今すぐに。どうすればいいの？」

「召喚スキルを使って、魔法生物を呼び出すために必要なことは、心の中に思い浮かべる魔法生物の姿です。その姿が正しく形作られたとき、魔法生物を呼び出すことができるのです」

なるほど。ようするに魔法生物の細部までイメージすることができれば呼び出せるということだな。ゴリラを呼び出したいのなら、ゴリラのことをよく観察して、絵に描いて、一緒に生活して、友達になる必要があるということだ。

しかし、ゴリラと違って魔法生物は実在しない。もしかすると、そこが魔法生物を召喚するための難易度をあげているのかもしれないな。

まずはバードンからにしよう。これは完全に文鳥だし、前世で小さいころに飼っていたことがあるから大丈夫なはずだ。ピーちゃん、あの世で元気にしているかな？

「コホン。ルーファス・エラドリアの名において命じる。顕現せよ、バードン！」

そう言ってから、左手を突き出した。

お、なんかほんの少し、体の中から力が抜けたような気がする。これが魔力なのかな？　初めて魔力を使ったぞ。この世界が剣と魔法の世界だということは知っていたけど、俺もちゃんと魔法が使えたんだ。まあ、火や水、土、風といった、分かりやすい魔法じゃないけどね。

俺の体から光が放たれ、左手の手のひらに集まってくる。それは徐々に鳥の形になっていく。そして最後にはかわいらしい文鳥の姿になった。

「キター！」

「ま、まさか、一度で成功するとは！」

「す、すごいです！　私はまだ一度も成功したことがないのに……」

『俺、参上！』

文鳥が野太い声で名乗りを上げた途端、部屋の中がシンと静まり返った。

んー、俺の聞き間違いでなければ、「俺、参上！」と言ったように聞こえたんだけど、気のせいだよね？　確認するべく、手のひらの上の文鳥を見て首をかしげた。

『ピーちゃん、ピーちゃん！』

今度は甲高い声だ。んんー、おかしいですねー？　確かに小さいころに飼っていた文鳥の名前はピーちゃんだったけど、しゃべらなかったはずだぞ？　どういうことなの。魔法生物だからしゃべるのはオッケーなのかな？

「しゃ……」

「シャベッター！」

セルブスとララが腰を抜かして後ろへ倒れ込んだ。ララのパンツ見えとるがな。

だがしかし、どうやら魔法生物がしゃべるのはダメだったようである。どうしてしゃべってしまったんだ、ピーちゃん。

確かにモフモフたちと話したいと思ったことは一度や二度や三度じゃないけどさ。もしかしてそれが原因なのか？　俺が話したいと強くイメージしたから、しゃべるようになってしまったのか？

へへへ……やっちまったぜ。モフモフへの思いが熱すぎたんだ。

さてどうしたものか。俺が召喚したバードンがしゃべってしまった。そしてセルブスとララの反応を見る限り、どうやら魔法生物がしゃべるのはアウトだったようである。

魔法生物がしゃべったのはアウト。でもまだ、ワンナウトだ。

「バードン、これからよろしくね！」

『ピーちゃん、ピーちゃん！』

あくまでも自分はピーちゃんだと主張するバードン。どうやら俺の妄想が色濃く反映されてしまったようである。どうしてこうなった。

……もしかして、強いイメージがあればこの本に描いてある魔法生物以外のものでも呼び出すことができるのかな？

思い立ったが吉日ならば、それ以外は凶日。どこかの食いしん坊ヒーローがそう言っていた。まことに同感である。

思いついたときに一歩を踏み出さなければ、いつまでたっても前に進むことはできない。やり始めるのに都合のよい日など、一生、向こうからやってくることなどないのだ。

それに、お父様から召喚スキルの謎を解明するようにとの使命を俺は受けている。つまり、何をやらかしても「国王陛下から使命を受けたので」ですませることができるのだ。

これはすばらしい。まさかここまで計算して、お父様が俺をギルド長に任命してくれていたとは。ありがたや、ありがたや。それではさっそく、その使命を果たそうではないか。

今回の議題は、〝イメージすればどんなものでも魔法生物として生み出すことができるのか〟である。

これができれば、召喚スキル持ちはやりたい放題だ。ハズレスキルから、一気に神スキルへとワープ進化することができるぞ。

俺はやるぞ。召喚スキル、ひいては召喚ギルドの未来のために！

「あの、ルーファス王子？」

「セルブスとララに面白いものを見せてあげよう」

「はい？」

「えっと、それは？」

困惑する二人に笑顔を向ける。一度、やってみたかったんだよね、これ。中二病と言われようが、男女問わず、みんな一度は言ってみたいセリフのはずである。

もちろん俺も例外ではない。俺だって叫んでみたい。たとえ失敗したとしても。七歳児の今なら許される。やるなら今しかねぇ。

そこにモフモフを召喚できる可能性がある限り、俺はあきらめることはないだろう。できるできる絶対できる気持ちの問題だって。もっと強くイメージしろ。なせば成る。ルーファス・エラドリアは男の子！

「いでよ、我がしもべ。レッドアイズ・ホワイトフェザードラゴン！」

俺の体からまばゆい光が放たれた。うお、まぶし、とか言っている場合ではない。まるでこの部屋に太陽が出現したかのようである。

『ピーちゃん！』

「ルーファス様！」

うわ、一気に力が抜けて足にきた。ごっそりと魔力を消費してしまったようである。さすがは我がしもべ。強い。どうやら調子に乗りすぎてしまったようである。テヘ、失敗、失敗。

先ほどまで壁に飾られている花のようになっていたバルトとレイが慌てて俺のところに駆けつけてきた。

このまぶしさの中で俺のところまで一直線にくることができるとは。二人の空間認識能力、マジパネェ。

「あ、あああ……」

「な……ああ……」

セルブスとララがうめき声をあげる目の前で、俺の体から放たれた光が部屋の中央で徐々に形になっていく。

だがしかし、部屋がちょっと狭すぎたようである。光が収まりきらず、なんだかギュウギュウといった感じに詰まっている。密です！

そうこうしているうちに、部屋いっぱいに詰まったホワイトフェザードラゴンが現れた。目の色はもちろん赤。頭には二本の黄金に輝くねじれた角が生えている。ドラゴンのようなしっぽ。天使のような翼。そして全身がフワフワのモフモフであるところまで、すべてが俺のイメージ通りだ。最高じゃないか。

唯一、誤算だったのが、大きすぎたことである。これじゃ部屋で飼えないね。なんとかしなきゃ。

『あの、ここ狭いんで壁を壊してもいいですかね？』

「ダメ、絶対！　そんなことしたら、俺のお小遣いがなくなっちゃう！」

「しゃ、しゃべった……またしゃべりましたぞ！」

「ひゃ……」

セルブスが驚きの声をあげ、ララがまた腰を抜かしてしまった。

やっちまったぜ。また俺の〝動物とおしゃべりしたい欲〟があふれ出てしまった。これはもう、職業病なのかもしれない。鎮めなきゃ。

「ルーファス様、そのようなことを言っている場合ではありませんよ。どうするおつもりですか！」

「落ち着けバルト。俺にいい考えがある」

みんなの注目が俺に集まった。突然現れた巨大な白い竜にララは涙目である。なんだろう、俺がララに悪いことをしているような気分になってしまう。そんなことないよね？　いや、それよりも。

「ねえ、もっと小さくなれない？」

『人、それを丸投げと言う』

にべもなくレッドアイズ・ホワイトフェザードラゴンがそう言った。そんなこと言わずに、なんとかなりませんかね？　両手をアゴの下で組んでジッと見つめた。お願いのポーズである。ついでに目も潤ませておこう。

大きなため息をつくレッドアイズ・ホワイトフェザードラゴン。どうやら、いたいけな七歳児のお願い光線に折れたようである。

『それでは私に名前をつけて下さい。それで私は主専用のレッドアイズ・ホワイトフェザードラゴンになることができます。そうなれば、主の命令で自由に体の大きさを変えることができるようになるでしょう。たぶん』

「そこはたぶんなんだ」

『はい。やったことありませんので、たぶんです』

つまりそれはレッドアイズ・ホワイトフェザードラゴンを俺がペットとして飼うということだよね？

やってやるぜ！　というか、ぜひやらせて下さい！

「それじゃ、キミの名前は今日からラギオスだ。どうかな？　かっこいい名前だと思うんだけど？」

『大変、よいお名前だと思います。今日から私はラギオスと名乗ります。それでは我が主よ、ご命令下さい』

「ラギオス、小さくなって。ピーちゃんくらいのサイズに」

『ピーちゃん！』

おおお！　ラギオスがどんどん小さくなっていく。成功だ、成功したぞ！　これで部屋の壁を壊さずにすんだぞ。

だがしかし、小さくなるのには限界があったようで、子犬くらいのサイズになったところで止まってしまった。

「か、かわいいー！　すごいよラギオス。これ完全にモフモフのぬいぐるみだよ！　俺が求めていたのはこれだよ、これ！」

『どうやらここが限界のようです。主のご命令をかなえることができませんでした。消えよう』

「うわー！　待った、待った！　子犬サイズで十分だから。というか、むしろ子犬サイズの方がいいから！」

妙なことを言い始めたラギオスを全力で止める。どうやら俺のしもべは忠義に厚すぎるようである。

……毎回、こんなことになるのなら、下手に命令することもできないな。こんなすばらしいモフモフを手放すだなんて、とんでもない！

俺の目の前には今、子犬サイズのモフモフがいる。これだけの逸材が目の前にいるというのに、モフモフせずにいられようか。いや、いられない。

そんなわけで、俺は子犬サイズになったラギオスを抱きかかえた。

「フォォォオ……！　かわいい！　かわいすぎる！　そしてこんなにモフモフだー！　俺に足りなかったものはこれだ。間違いない！」

ンンー、すばらしい！　なんというすばらしい抱き心地と手触りなんだ。見た目からフワフワしているのは分かっていたが、実際に触ってみると、俺が想像していた以上にフワフワのモフモフ具合だった。柔らかい。高級羽毛布団をはるかに超えている。これは革命だ。モフモフの革命だ！

毛並みに指を通すと、スルリとなんのひっかかりもなく通っていく。絹よりも滑らかな触り心地である。これはすごい。もうずっと触っていられる。

俺は本能に逆らうことができず、ラギオスにほっぺたをスリスリした。

しゅごいぃぃぃぃぃー！

「あの、ルーファス王子？」

セルブスの声で我に返った。どうやら別世界へと旅立ってしまっていたようだ。そして困惑したセルブスの声からして、相当ヤバイ顔をしていたのだろう。鎮めなきゃ。

「あ、えっと、ララ、お茶を淹れてもらえるかな？」

「はい。直ちに準備いたします！」

みんなを落ち着かせるために、一度、テーブル席へと戻った。俺の膝の上にはラギオスが、肩にはピーちゃんがいる。どうやらバードンはピーちゃんとして登録されてしまったようである。実害はないので、まあ問題はないだろう。

「は〜、お茶がおいしい。あり……ララはお茶を淹れるのが上手だね」

「ありがとうございます。いつも淹れておりますので」

はにかむララたん。その姿はとってもかわいらしいが、年齢が気になるところである。

そんなララたんを観察していると、お茶でのどを潤していたセルブスがティーカップをテーブルの上に置いた。

「ルーファス王子、これは大変なことになりましたぞ」

「そ、そうだね。国王陛下への報告、頑張ってね、セルブス？」

俺の言葉に、鬼を見るような目でこちらを見つめるセルブス。

頑張れセルブス。お前が召喚ギルドでナンバーワンだ。……ダメ？

「やっぱり俺が報告しないとダメかな？」

「……さすがにまずいと思います。ルーファス王子はギルド長であられますし、実際に召喚を成功させたのもまた、ルーファス王子なのですから」

「それじゃ、セルブスとララも成功させれば三人で報告に行けるね！」

あ、ララがフリーズした。これはダメだな。魔法生物の召喚を成功させるのには詳細なイメージも必要だが、それに加えて〝絶対に召喚する〟という強い意志も必要だと俺は思う。なぜならさっきの俺がそうだったからだ。

そうなると、すでに心がポッキリと折れているララが召喚を成功させるのは無理だろう。

セルブスはまだマシな顔をしているので可能性はあると思うのだが……何度か練習をさせてみた結果、レッドアイズ・ホワイトフェザードラゴンを召喚するのは無理だった。

正確に言うと、〝今日は無理だった〟と言った方が正しいだろう。これから練習を続けて自信をつければ、いずれできるようになる可能性は十分にあると思う。

「まずはしゃべるマーモットを呼び出すところからだね」

「それが可能だとはとても思えませんが、実際にしゃべる魔法生物をルーファス王子が呼び出しておりますからね。きっと呼び出すことができるのでしょう」

なんとか自らを納得させようと、そう自分に言い聞かせているセルブス。ちなみにララはまだフリーズしたままである。そんなに国王陛下と会話するのが嫌なのか。嫌われちゃったな、お父様。

「ルーファス王子はマーモットを召喚しないのですか？」

「今日はもうやめておこうかな？　もうツーアウトだからね」

「ツーアウト？」

「いや、こっちの話だよ」

ここでしゃべるマーモットまで召喚したら、スリーアウトになってしまうことだろう。

それでもまだ一回の裏が終わっただけなので許されるとは思うが、保険をかけておきたいところである。

お茶を飲み終えた俺は、バルトとレイに促されてお父様へ報告に行くことになった。別に今日行く必要ないよね？　と散々粘ったのだが、「問題を起こしたときはすぐに報告するべきです」と言われて見逃してもらえなかった。

どうやらバルトとレイも、俺がやらかしたという認識で一致しているようである。奇遇だな。俺もだよ。

トホホのホ。なんでこうなるの。俺は召喚スキルの可能性を試しただけなのに。

『そのようなお顔をされなくても大丈夫です。主はこの私が絶対に守ります。出会い頭に炎のブレスでいいですよね？』

「やめてよね。ラギオスは俺が命令するまで待機」

どうやら俺の頼もしき相棒は過激派のようである。早いところステイを教えた方がよさそうだな。ピーちゃんは……なんかくちばしを素早く出す練習をしているな。これ、出会い頭につつくやつだ！

「ピーちゃんも俺が命令するまで待機ね」

『ピーちゃん……』

どうしてそんなにガッカリした顔をするんだ。そしてどうして俺が召喚した魔法生物たちは過激派なんだ。

そうこうしているうちに、お父様の執務室の前までやってきた。道中、色んな人から二度見、三度見された。これじゃラギオスを子犬に偽装するのは無理そうだな。金色に輝く二本の角がついているから、最初から無理だったのかもしれないけど。あと翼もついているし。

「国王陛下、ルーファスです。緊急事態が発生したので報告に来ました！」

数秒後、執務室の扉が国王陛下の護衛騎士によって開かれた。ギョッと目を見開く護衛騎士。そんな護衛騎士に笑顔で応えて執務室の中へと入る。そしてお父様と目が合った。

その目は素早く俺とラギオスの間を三往復した。

「どうしてこんなことになってしまったんだ」

お父様が頭を抱えた。お父様、戦わなくちゃ、現実と！

執務室内にいた護衛騎士たちに導かれて、部屋の中央にある革張りのソファーへ座る。つややかな光沢のある、こげ茶色をした高そうなソファーである。ラギオスが爪でひっかくことがないように気をつけないとね。

ラギオスを抱きかかえ、膝の上に載せる。左肩にはピーちゃんを搭載し、こちらは万全の態勢である。

俺の目の前のソファーに座ったお父様は、まだ目の前の現実を受け入れられないのか、俺とラギオスを交互に見ていた。

「ルーファス、一体何があったのだ？」

「国王陛下、こちらが私が先ほど召喚スキルを使って召喚した、レッドアイズ・ホワイトフェザードラゴンのラギオスです。そして肩にとまっているのが、同じく私が召喚したバードンのピーちゃんです。呼び出したときのラギオスが大きすぎて召喚ギルドの部屋を壊しそうになったので、今は小さくなってもらっています。ラギオス、ピーちゃん、国王陛下にごあいさつして」

『お初にお目にかかります。我が主のお父上殿。主の守護者、ラギオスです。以後、お見知りおき下さい。主に害をなすようでしたら容赦しませんからね？』

『ピーちゃん！　俺、参上！』

「情報量が多い！」

お父様が再び頭を抱えた。どうやら混乱の極みにあるようだ。もう、しょうがないな。お父様が落ち着くまで、使用人が出してくれたお茶を飲むことにしよう。

そうして待っていると、お父様がゆっくりと頭をあげた。

「ルーファス、順を追って説明してくれないか？　それから、ラギオス殿に、私に敵意がないことをしっかりと伝えてくれ」

「分かりました。ラギオス、俺が命令するまでお父様を攻撃しちゃダメだからね？」

「違う、そうじゃない」

また頭を抱えたお父様に、召喚ギルドであったことを事細かに話した。ここでお父様との関係がこじれるのは嫌だからね。この世界での成人である十五歳になるまでは、俺はお父様の保護下にあるのだから。

「なるほど、よく分かった。セルブスを副ギルド長に任命する可能性については考慮していた。だが、まさか初めて召喚スキルを使ってこんなことになるとは思わなかったぞ」

「セルブスの教え方がよかったからですよ」

笑顔でそう言った俺をお父様が白い目で見てる。あの目は知っているぞ。人を信じていない目だ。さすがはこの国の国王陛下。人を見極める目だけは確かなようである。

だがしかし、それを否定する証拠がないのも確かなので、これ以上は何も言うことはできないだろう。

「一体どんな風に教わればそうなるのだ」

「心の中に思い浮かべる姿が大事だと教わったので、その通りにしただけですよ」

「それでドラゴンを呼び出したというのか？」

「そうです。ちょっと調子に乗ったところは否定しませんけど」

「ちょっと？」

ジロリとお父様がこちらへにらみを利かせてきた。そして俺の代わりににらみ返したラギオスを見て、お父様が視線をそらした。完全勝利。うわ、ラギオス強い。

お父様が大きなため息をついた。

「召喚してしまったものはしょうがない。それについてはあとでちゃんと報告書をまとめるように。召喚スキルについての貴重な情報であることは確かだからな」

「分かりました。近々、報告書をまとめて提出します」

俺ではなくてセルブスが、だけどね。だがここでそんなことを言うつもりはまったくない。またお父様からにらまれるだけだろうから。

その後はいくつかの確認事項を話し合い、無事に無罪放免となった。もちろんラギオスとピーちゃんを飼う許可はもらった。

これでモフモフを飼うという夢がかなったぞ。この世界にペットを飼う習慣がないことを知ったときには膝から崩れ落ちたけど、別の方法でなら飼うことができる。

そう、召喚スキルならね！

「ラギオスとピーちゃんに俺の部屋を案内しないといけないな。でも、ここからちょっと遠いんだよね。そうだ！　ラギオスに乗って移動すればいいんだ。ラギオス、もうちょっと大きくなってよ」

『えっと、こんなものでしょうか？』

そう言ってラギオスがズモモモモと二回りほど大きくなった。すごい！　これなら金太郎みたいにラギオスの背中に乗ることができるぞ。

よっこいしょっとラギオスの背中に乗ると、手元の高級ダウンのような毛をつかんだ。ハッキリ言って、至高だな。抱きついて体を固定するのもいいかもしれない。

「それじゃ、出発進行！　まずはまっすぐに走ってよ」

『飛ぶのはダメなのですか？』

「飛んだらみんなが驚くかもしれないからね。廊下を走ることにしよう」

いや、待てよ。廊下を走るのもまずいか？　そう思っていたところでラギオスがグンと加速して走り出した。ちょ、速い！　毛をつかむ手に思わず力が入る。このスピードはまずい。だれかにぶつかったりしたら大変だ。

「ラ、ラギオス、ストップ、止まってラギオス！」

俺の指示を受けて急停止するラギオス。前に転げ落ちそうになった体を、ラギオスの首にしがみつくことでなんとか回避する。

危なかった。モフモフがなければ即死だった。今度から止まってもらうときには、ゆっくりと止まるように指示を出そう。ラギオスは俺が思っているよりも、融通が利かない性格なのかもしれないな。

ホッとしたのもつかの間、俺たちが廊下を走ったことで、周囲がちょっとした騒ぎになっていた。これはまずい。この失態がお母様に知られたら大変なことになるぞ。お母様はマナー違反には特に厳しいからね。どうか見つかりませんように。

だがしかし、俺の願いは神様には届かなかったようである。

「ルーファス、これは一体なんの騒ぎかしら？」

「ヒッ、お母様！」

「なんですかその反応は。オーガを見るような目で私を見るのはやめなさい」

王城の廊下を爆走していたら、今一番会いたくなかった人ナンバーワンのお母様にエンカウントしてしまった。

どうする？　今すぐにでも逃げ出したいところだけど、大魔王からは逃げられなそうだぞ。

「ルーファス？」

「お、お母様、なんでもありませんよ。ハハハ……」

「ウソおっしゃい。なんでもないのなら、こんな騒ぎにはなりません。……ところで、あなたは一体何に乗っているのかしら？」

お母様は今さらながら俺がまたがっている生き物に気がついたようである。どうやらこの場に来たのも、ただ単に騒ぎを鎮圧しにきただけのようだった。運が悪いな、俺。タイミングさえずれていればお母様と会わなくてすんだのに。

「えっと、これはレッドアイズ・ホワイトフェザードラゴンの……」

「ド、ドラゴン！」

「王妃様！」

左右にいたお母様専属の使用人が後ろへと倒れ込んだお母様を支えた。ナイスキャッチ。危なかった。もう少しでお母様の頭にたんこぶができるところだった。そうなると間違いなく、俺の頭にもたんこぶができていたことだろう。

お母様は家族の中で一番強い権限を持っているが、中身はごく普通の深窓のお嬢様なのだ。ちょっと刺激的で見慣れない光景を目にすると、今回のようにすぐに気を失ってしまうほどの筋金入りである。

これは逃げ出す絶好の機会である。だがそれをやると、あとで三倍になって怒られることになるだろう。ここはおとなしくお母様に怒られるべきだ。俺はそう判断した。

「お母様を早くお部屋に運んであげて。俺も一緒について行くから。ラギオス、お母様が驚かないように、小さくなって」

『かしこまりました』

ラギオスが子犬サイズになった。これなら先ほどまでの子グマのような姿ではないので驚かないだろう。ぬいぐるみだと言っても通用するくらいの愛くるしさだからね。

使用人たちと一緒にお母様の寝室へ向かう。こんなことになるのなら、自分の足で歩けばよかった。

ベッドにお母様を寝かせると、その衝撃でお母様が目を覚ました。お母様は倒れるのも早いが、目が覚めるのも早いのだ。倒れてからのリカバリーが早いのは実によいことである。これが一日、意識不明になるとかだったら、今頃お父様に怒られていたはずだ。

「お母様、目が覚めましたか？」

「えっと、ルーファス、ここは……私の部屋よね？」

「そうです。驚かせてしまって申し訳ありません。先ほどのドラゴンは私が召喚スキルで呼び出した魔法生物なのです」

「あれが魔法生物なのね。ウワサには聞いていたけど、ドラゴンは初めて見たわ」

納得したのか、ウンウンとうなずいているお母様。現在ラギオスはお母様の視界に入らないように俺の後ろに隠してある。ちゃんと話してから、ラギオスと対面させよう。その方が安全だろう。

「お母様に私が呼び出したラギオスを紹介したいのですが、よろしいですか？」

「ラギオスって、さっきの白いドラゴンのことよね？」

お母様がおびえた様子で部屋の中を素早く見回している。よっぽど怖かったんだな。大きくなっても、ラギオスのかわいさは変わらないのに。

「今は子犬くらいの大きさになってもらっているので、怖くないと思います」

「魔法生物って小さくなることができるのね。分かったわ。紹介してちょうだい」

ゴクリとつばを飲み込むと、キリッとした目で俺の目をしっかりと見つめた。どうやら覚悟が決まったようである。こんなとき、お母様は決断が早いよね。だからこそ、競争に勝ち抜いて王妃になることができたのだろう。

「この子がラギオスです」

子犬サイズのラギオスを両手で抱えて、驚かせないようにソッとお母様に見せた。お母様の目が見開かれているが、今度は気絶することはなかった。事前に俺が召喚スキルで呼び出したと説明したからなのだろう。廊下での出会いは運が悪かっただけなのだ。

「これが……ラギオスちゃん。触っても大丈夫かしら？」

「もちろんですよ。ラギオス、お母様を傷つけたらダメだからね」

『かしこまりました。我が主よ』

「まあ！　まあまあ！　お話しすることができるのね。とってもお利口さんだわね」

お母様にラギオスを差し出すと、まるで生まれたての赤ちゃんを抱きかかえるかのように、天使のようなほほ笑みを浮かべて抱えていた。

なんだかまずい気がしてきたぞ。このまま持ち帰るとかないよね？　さすがにそれは無理だからね、お母様。そのモフモフ、俺のだから。

「お母様、実はもう一体、召喚した魔法生物がいるのですよ。ピーちゃん」

『ピーちゃん！　俺、参上！』

ブレないな、ピーちゃんは。むしろ安心する。俺の肩にとまっている文鳥を見て、お母様の口が半開きになっている。普段は扇子で隠れていて、見せない顔である。見てよかったのかな？　あとで目潰しされたりしない？

「ルーファス、ピーちゃんも触ってみてもいいかしら？」

「もちろんですよ。ピーちゃん、お母様をつつかないようにね」

『モチのロンじゃよ！』

そう言ってピーちゃんがラギオスの頭の上に乗った。それをお母様がかわいいものを愛でるかのようになでている。

うーん、ピーちゃんが一体どこでそんな言葉を覚えてきたのかサッパリ分からないな。考えてもムダなんだろうけどね。何せ、召喚スキルは分からないことだらけなのだから。

「ルーファス、ラギオスちゃんとピーちゃんを私にあずけてくれないかしら？」

「ダメです。そんなかわいらしく口をとがらせても、ダメなものはダメです。それは私が召喚スキルを使って呼び出した魔法生物ですからね。所有権は私にあります」

何やらブツブツとお母様が言っていたが、どうやらなんとかあきらめてくれたようである。

定期的にモフらせることを条件に、俺たちを解放してくれた。もちろん今回の騒動は不問に付してもらうことができた。やったぜ。

でもこれからは気をつけないといけないな。魔法生物に乗って王城内を移動するのが一つの目標だったけど、それには何かしらの対策が必要になりそうだ。

ラギオスからの提案があったように空を飛ぶか？　お城の廊下の天井は高いので、飛んでも問題なさそうな気がする。

それともヤモリのように、壁や天井に張りついて移動するか？　ここは考えどころだな。

「ルーファス、ルーファス！」

「ん？　あ、ギリアムお兄様にレナードお兄様、どうしたのですか？」

「どうしたもこうしたも……ルーファスがレッドアイズ・ホワイトフェザードラゴンという魔法生物を召喚したと国王陛下に聞いて、慌てて探していたんだよ」

「そうだぞ。どんな魔法生物なのかは知らないが、ルーファスがケガでもしたら大変だからな」

お母様の部屋から出たところで、二人の兄が駆け寄ってきた。廊下を走るとお母様にしかられますよ？　俺はなんとか回避することができたけど。

どうやら二人は俺を心配して探しにきてくれたようである。ありがたや。

というか、さてはお父様は俺の監視を二人に丸投げしたな？　兄二人が俺に激甘なのをよいことに。そしてそんな甘々な兄たちに、俺がよくなついていることも知っているはずだ。

「レナードお兄様、それは誤解ですよ。こんなかわいいモフモフが私にケガをさせるわけないじゃないですか」

そう言ってモフモフの権化たるラギオスを両手でかざした。その愛くるしい姿を見て、ギリアムお兄様もレナードお兄様も戸惑っているようである。

「その子が国王陛下が言っていた魔法生物かい？　なんだか思っていたよりも毛がフサフサとしているね」

「フサフサしているだけじゃなくて、触り心地もよさそうだね」

触ってみたいのか、手を出したり引っ込めたりしているお兄様たち。

お父様になんて言われたのか気になるな。ラギオスに手を出すと危険だ、とか言われたのかもしれない。そんなことないのに。

「触ってみますか？　私が命令しない限り攻撃するようなことはありませんよ。たぶん」

「たぶん……」

「たぶんなのか。まあ、いいか。触らせてもらおうかな」

剣聖スキルを持つ、バリバリの肉体派であるレナードお兄様が、恐れることなくラギオスに手を伸ばした。きっとかみつき攻撃くらいなら簡単に避けられると思っているんだろうな。

でも、ラギオスは火を吐いたりもできるみたいなんだよね。そうなったらどうするつもりなんだろうか。アチチアチではすまないと思うんだけど。まあ、俺がラギオスを制御すればいいだけの話

か。

「おお、これは思った以上の手触りだ。すばらしいな」

「レナードがそこまで言うのなら、ちょっと気になってきたぞ」

そう言って、今度はギリアムお兄様がラギオスへ手を伸ばした。ギリアムお兄様はレナードお兄様とは対照的にバリバリの頭脳派である。なんと学者スキルを持っているのだ。そのうちラギオスを研究したいと言い出すかもしれないが、そのときは丁重にお断りしよう。

「これは……メリーシープよりも柔らかな手触りだね」

モフモフを堪能する二人の兄。メリーシープって確か、前世で言うところのヒツジのことなんだよね。見た目も確かほぼ同じだったはず。そしてメリーシープは家畜なんだよね。そのため、これまで家で飼おうと思った人はいなかったようである。残念。

結局その日はなんだかんだ言って、ギリアムお兄様とレナードお兄様が俺のことを放してくれなかった。よっぽど俺のことが心配だったようである。スキル継承の儀式は終わったし、中身も子供ではないのに。

夜も寝る時間になり、ソファーでラギオスとピーちゃんをモフモフしていた俺は、そのまま一緒にベッドへと移動した。

「今日は色んなことが重なって大変だったね。ラギオスも疲れたでしょ？　一緒に寝よう」

『それは構いませんが、抱きつく必要はあるのでしょうか？』

「あるんだよ。それじゃお休み」

俺は自分の欲望に忠実に従って、ラギオスを抱き枕にして眠りについた。まさに夢のような触り心地。これはいい夢が見られそうだぞ。

気がつくと、俺は真っ白な、円形の闘技場のようなところに立っていた。闘技場と違うのは、周囲の景色がどこまでも続く青空だということ。よく見ると、下の方には雲が見える。まるで天界にでもいるかのようである。

……もしかして、俺、死んじゃった？　モフモフを堪能しすぎて、たとえじゃなくて、本当に天に召されちゃった!?

「まことに勝手ながら、地球で死にゆくあなたの魂をムーンガルドへと呼び寄せさせていただきました」

「あなたはあのときの……」

「そうです。あなたに異世界転生チケットを渡した者、このムーンガルドにおける創造神です」

よかった。ホラー的な何かじゃなくて。創造神だったのか。もし本格的なホラー要素だったら、おしっこをちびってるところだったぞ。

どうやらルーファスとして俺が住んでいる世界は〝ムーンガルド〟という名前のようである。初めて知った。本にも書いてなかったと思う。

「さすがは地球人ですね。動じることがありません。地球人にとってはこのようなことは日常茶飯事だと聞いていましたが、本当だったのですね。驚きです」

ウンウンとうなずいている創造神。一体、だれからそんな話を聞いたのか。それは単に、ラノベで慣れ親しんでいるからだけだと思うのだが。

「まあ、特定の地域に住んでいる地球人に限った話かもしれませんけどね。それで、私にこの世界で何かやってもらいたいことでもあるのですか？」

俺の質問になぜか何度もうなずいている創造神。とても感心している様子である。そんなに感心されるようなこと言ったかな？

「やはりあなたを私の世界へ呼び寄せてよかった。理解がとても早くて助かります。地球人は想像力が豊かだと聞いています。そこで、その想像力と、あなたの類いまれな動物好きを生かして、召喚スキルの知名度を上げてもらいたいのです」

召喚スキルの知名度アップ？　確かに使える人が少ない激レアスキルみたいだったけど、それと何か関係があるのかな。それに知名度アップと言われても、一体何をすればいいのやら。

「あの、もう少し具体的に話していただけないでしょうか？」

「おっと、そうですね。説明不足でした。ようやく適任者が現れてくれたので、少し急いでしまいました。召喚スキルを継承する人が少ないことはすでにご存じのことだと思います」

「ええ、それはもちろんです。それには何か理由が？」

俺の問いに、グッと顔を曇らせた創造神。その表情は苦悶に満ちていた。

「私はムーンガルドに住む人間が好きです。ですから、スキル継承の儀式では、なるべくその人が望むスキルを授けるようにしています」

「なるほど、分かります」

だから俺は召喚スキルを継承したのか。転生してからずっとペットを飼いたいと思っていたからね。それがかなったというわけだ。やったねルーファス。でも、それが何か問題なのだろうか？

「今のムーンガルドでは召喚スキルのことを知っている人がほとんどいません。そうなると、召喚スキルを継承したいと願う人がいるでしょうか？」

「それは……」

さすがに厳しいだろうな。そんなスキルがあることを知らなければ、そのスキルを望むことはないはずだ。

つまり、召喚スキルの存続は崖っぷちってこと。

ムーンガルドの長い歴史の中で、そうやって消えていったスキルはたくさんあるんだろうな。それならどうして召喚スキルだけ特別に消えないようにしているのだろうか？

「召喚スキルは私がムーンガルドの世界へ魔力を送り込むための、大事なスキルなのです。本来なら直接、魔力を送り込むことができればよかったのですが、それはできないのです。そんなことをすれば、大地は裂け、山は噴火し、巨大な嵐が大陸を襲うことになるでしょう」

それはまずい。それじゃ、直接魔力を送り込むことはできないな。ムーンガルドの住む生き物すべてが好きならばなおさらである。

「なんとなく事情は察しました。それでは私は、召喚スキルのすばらしさを多くの人に広めつつ、召喚スキルをたくさん使うということでよろしいのですかね？」

「その通りです。召喚スキルをどんどん使って下さい。ムーンガルドにいる人間たちが召喚スキルを使えば使うほど、魔法生物を通して魔力を送り込むことができるのですから」

うれしそうに笑う創造神。どうやらこれまでは、ムーンガルドに十分な魔力を送り込むことができなくて困っていたようである。

「ちなみになんですが、魔力を送り込むことができなくなったらどうなるのですか？」

「いずれムーンガルドにあるすべての魔力が枯渇することになるでしょう。そうなれば、もはやムーンガルドで生き物が生きていくことはできません」

「……」

てっきり魔力は水のように世界を循環していると思っていたのだが、そうではないらしい。おそらくムーンガルドで消費された魔力は自然界を循環することなく、本当になくなってしまうのだろう。

魔力を消費するのは人間だけではない。動物も魔物も植物も、生きているものすべてが何かしらの魔力を消費しているのだ。

これは引き受ける一択だな。それに俺にとっても悪い話ではない。なぜなら創造神のお墨付きにより、遠慮なくモフモフを召喚してもいいことになるのだから。

「どうか、引き受けていただけないでしょうか？」

「いいですとも！」

こうして俺は創造神からの使命として、合法的にモフモフハーレムを作る権利を与えられたのであった。やったぜ！

第二話　召喚スキルの真価

「ムニャムニャ〜、ハッ！　さっきのは、夢？」

やけにリアルな夢だったな。創造神ともバッチリ話したような気がするし。

ベッドの中で困惑していると、俺の腕の中にいるモフモフのラギオスがこちらを見上げていた。

子犬の抱き枕、サイコー！　今日から毎日、ラギオスを抱き枕にするぜ。

『夢ではありませんよ。約束を違(たが)えることがないようにと、伝言を承っております』

「夢じゃなかった。どうしよう、お父様にも話しておいた方がいいかな？」

『その方がよろしいかと思います。問題を後回しにするのは愚の骨頂』

「ラギオスが厳しい。分かったよ。そうする。あれ？　ピーちゃんは？」

昨日の夜は確か、イスの背もたれにとまっていたはず。だが今はその姿が見えなかった。朝の散歩にでも行ったのかな？　部屋をグルリと見渡してみたが、その姿は見えない。それに俺が名前を呼べば、『俺、参上！』とか言いながら出てきそうなものである。

『主(あるじ)が眠りにつくのと同時に還(かえ)りましたよ』

「還った？　あれ、それじゃどうしてラギオスはそのままなの？」

『主から抱き枕になるように申しつかったからです』

「あ、そうなんだ。ピーちゃんに悪いことしちゃったかな？」

『そのような心配は無用でしょう。必要であるならば、また召喚すればよいだけですので』

確かにラギオスの言う通りだな。そういえば昨日は色々ありすぎて、セルブスから呼び出した魔法生物たちの還し方を聞いていなかったな。召喚ギルドに行ったら、さっそくセルブスに聞いてみよう。

「ルーファス・エラドリアの名において命じる。顕現せよ、ピーちゃん！」

『ピーちゃん！　待たせたな！』

「なんか微妙に口癖が変わっているけどヨシ。どうやら俺がつけた名前を呼んでも召喚できるみたいだね」

実験成功。問題なく呼び出せるのなら、自分でつけた名前で呼び出したい。なぜならその方が特別感があって強そうな気がするから。心なしか、ピーちゃんのくちばしが昨日よりも鋭いような気がする。

「第三王子殿下、そろそろお目覚めの時間です」

「今起きたよ」

ノックと共に聞こえてきた使用人の声にそう返事をすると、ゆっくりと扉が開いた。

見た目は子供でも中身は大人なので一人でも朝の支度はできるのだが、王族であるがゆえにやらせてもらえないのだ。俺の服を着替えさせるのは使用人たちの仕事らしい。

一度、自分で着替えようとしていたらお母様に怒られてしまった。使用人の仕事を取ってはいけないってね。それ以来、されるがままになっている。使用人たちにも日々の生活があるのだ。

そんなことを考えていると、入ってきた使用人の一人がギョッとした顔つきになっていた。そして扉の近くまであとずさると、恐る恐る俺に聞いてきた。

「だ、第三王子殿下、そのベッドにいる生き物は一体？」

「ああ、この子は俺が召喚スキルで呼び出したラギオスだよ。かわいいでしょ？」

「確かにかわいいですけど、角と羽がありますよね？」

「うん。ドラゴンだからね」

「ド、ドラゴン！」

そう言って部屋の隅に固まる使用人たち。気のせいかもしれないが、みんなの顔色が悪くなっているような気がする。こんなにかわいいのに。

うーん、どうやら昨日の騒ぎが耳に入っていないようだな。俺は昨日あったできごとを、使用人たちにかいつまんで話した。

「第三王子殿下が召喚スキルを継承したというお話は聞きましたが、まさかドラゴンを召喚しているとは思いませんでした」

「ドラゴンを呼び出せるだなんて、召喚スキルってすごいのですね」

ラギオスが人畜無害だと分かった使用人たちがラギオスをなでている。使用人たちの顔がとろけそうになっていた。

気持ちはよく分かるけど……俺、半裸なんだよね。俺の着替えはどうなった。

着替え終わった俺はラギオスとピーちゃんを連れて騎士団の訓練場へ向かった。

早いところ、みんなにラギオスとピーちゃんの存在を周知させなければならない。だってこんなにかわいいんだもん。みんなに自慢しなければ俺の気が収まらない。

それに先ほどの使用人たちの反応を見ると、どうやら俺が召喚スキルを使って実際に魔法生物を召喚した話は、まだそれほど広まっていないようである。今朝のように、会う人、会う人、驚かれてはラギオスとピーちゃんに失礼だ。

訓練場に到着すると、予想通り、朝練中の騎士たちからの視線を感じた。やはりまだ知らない人が多いみたいだ。どうやってみんなに紹介しようかな。

とりあえず木剣での素振りを始めると、ラギオスとピーちゃんが応援してくれた。

『主よ、もっと腰に力を入れて下さい。下半身が不安定になってますよ』

『ピーちゃん！　いまだ、だすんだ、抜刀ツバメ返し！』

「そんなこと言われても、これでも頑張ってるんだからね！」

ピーちゃんのそれはなんだ。どこで学んだ。

そんな疑問を持ちつつも素振りを続けていると、レナードお兄様が俺の様子を見にやってきた。

「ルーファス、そんなへっぴり腰じゃ上達しないぞ?」

う、ラギオスと同じようなことを言われた。俺ってそんなにふらついてるかな? でもまだ子供だし、王子だし、こんなもんだよね?

「剣聖スキルを持っているレナードお兄様と一緒にしないで下さい。人には得意、不得意があるのですよ」

「そんなことはない。毎日、鍛錬をすれば、必ず結果がついてくる」

「そうですかね?」

少し離れた場所で鍛錬をしているギリアムお兄様を見た。

俺よりも十年以上長く鍛錬をしているはずなのに、そんなに上達しているようには見えないんだけど。まあ、俺よりもマシなのは確かだけどね。

「あれでもお兄様は上達した方だからな。最初はルーファスと似たようなものだったんだぞ。だからルーファスも頑張ればあれくらいには……」

「レナード、何やら面白そうな話をしているね。私も交ぜてもらってもいいかな?」

「あー、お兄様、そんなに楽しい話はしていませんよ?」

レナードお兄様が冷や汗をかいているのを俺は見逃さなかった。ギリアムお兄様は剣術はダメだけど、魔法は色々と使えるからね。

本気で戦えば剣聖スキルを持つレナードお兄様が勝つだろうけど、それでも無傷とはいかないだろう。

「そういえば、スキル継承の儀式が終わったということは、私も魔法が使えるようになったのですよね？」

「たぶんそうだと思うけど……召喚スキルを継承するとどんな魔法が使えるようになるのか、セルブスからは聞いていないのかい？」

ぬれタオルで汗をふきながらギリアムお兄様が首をかしげた。肩まで伸びた銀色の髪がそれに合わせてサラリと揺れる。

イケメンなんだよなー、ギリアムお兄様。俺と違って大人の色気があるんだよね。ちょっとうらやましい。

それに対してレナードお兄様は実にワイルドな印象だ。あの野性味あふれる青い瞳で見つめられたら、女性が黄色い声をあげるのは間違いないだろう。

「聞くのをすっかり忘れていました。昨日は色々ありましたからね」

「確かにそうだ。昨日のルーファスは召喚スキルのことしか頭になかったみたいだったからな」

そう言いながらレナードお兄様が俺の頭をなでた。

正確に言うと、召喚スキルではなくて、モフモフのことしか頭になかったんだけどね。このことについては黙っておこう。

「ルーファス、何か魔法を試してみるかい？　ここでなら、少々派手な魔法を使っても問題ないだろうからね」

「いいんですか？　やります！」

「よしよし、それじゃ、私が教えてあげよう」

なんということでしょう。どうやらギリアムお兄様自ら魔法を教えてくれるようだ。ギリアムお兄様は学者スキルを持っているので、かなりの種類の魔法を使うことができる。これは期待できそうだ。

「まずは手元に明かりをともす魔法だよ。この魔法を使えば、ロウソクやランタンがない場所でも明かりを確保することができるようになる。ライト」

ギリアムお兄様がそうつぶやくと、その手元に丸い発光体が現れた。あれは何度も見たことがあるぞ。使用人たちもごく普通に使っている魔法だ。

ライトの魔法の分類は生活魔法。この分類の魔法は殺傷能力こそ持たないが、生活を便利にする魔法がズラリとそろっているのだ。しかも生活魔法はどんなスキルを継承したとしても使うことができるという優れた特徴を持っている。

つまり、だれでも使える魔法ってこと。

「それじゃ、ルーファスもやってみようか？」

「はい。魔法名を言葉にして言うだけでいいんですよね？」

……あれ、間違ってたかな？　なぜかギリアムお兄様とレナードお兄様が首をかしげているぞ。何が間違いなのか分からず、俺も一緒に首をかしげた。

お互いに顔を見合わせるギリアムお兄様とレナードお兄様。なんだか嫌な予感がしてきたぞ。

「ルーファス、なんとなくでいいんだけど、どうやって使うのかが頭の中に思い浮かんでいないかな？」

「え？　いえ、まったく何も浮かんできませんけど」

俺の返事を聞いて、ギリアムお兄様の顔に笑顔が張りついた。

初めて見る笑顔だ。ギリアムお兄様が俺に対して作り笑顔を向けることはこれまでなかったのに。わけが分からずに、助けを求めてレナードお兄様の方を見た。

「いいか、ルーファス。昨日、召喚スキルを使ったときのことを思い出すんだ。そのときは特にあれこれと言われなくても、召喚スキルを使うことができただろう？」

「え、ええ、そうですね。確かにそうでした」

うん、間違いない。中二病全開の呼び出し方でも召喚することができたし、今朝だって分類名ではなく、個体名でピーちゃんを呼び出すことに成功したばかりである。

それってもしかして……。

「よ、よし、いいかい、ルーファス。まずは手のひらの上に体の中の魔力を集めるんだ。そしてその魔力が塊になって、それが光を放つように想像してから、ライトの魔法をとなえるんだ」

「わ、分かりました。やってみます」

すごく悪い予感がする。たぶんそれは俺だけじゃないはずだ。笑顔を張りつけたまま、顔から汗を流すという器用なことをしているギリアムお兄様も、俺と同じことを思っているはずだ。

レナードお兄様にいたってはすでに片手を目に当てて天を見上げている。

あきらめんなよ。どうしてそこであきらめるんだ。万に一つの可能性だってあるかもしれないじゃないか。できる、できる、絶対できる。気持ちの問題だって！

「ラ、ライト！」

しかし何も起こらなかった。ウソだ、ウソだと言ってよラギオス。そんなバカな。俺は信じないぞ。たまたまライトの魔法だけ使えなかっただけだ。他の生活魔法なら使えるはず。自分の力を信じるんだ。

「ギリアムお兄様、次の魔法を教えて下さい！」

「う、うん、分かったよ」

『主、頑張って下さい！』

『ピーちゃん！　あきらめんなよ、もっと熱くなれよ！』

その後も種火を生み出す魔法や、手洗い用の水や、飲料水を出す魔法、暑い日や髪の毛を乾かすために使う魔法なんかを試した。

が、ダメ。全部ダメ。

なんということでしょう。どうやら召喚スキルは魔法生物を召喚することしかできないようである。

「そんなバカな……」

『主……よく頑張りましたよ、グスン……』

『ピーちゃん！　ウソダドンドコドーン！』

俺が膝から崩れ落ちていると、俺の肩にソッと手が置かれた。ギリアムお兄様の手である。その顔は、別にギリアムお兄様が悪いわけでもないのに、とても申し訳なさそうな顔になっていた。

「ルーファス、そんなに落ち込まないで。セルブスに聞けば、もしかすると、使える魔法があるかもしれないよ」

「そうだぞ。生活魔法は使えなかったが、魔法は他にもたくさんある。きっとルーファスが使える魔法もあるさ」

二人の兄からの励ましが心に響く。本当は二人も、俺が魔法を使えないことには気がついているはずだ。だって、一番簡単な生活魔法が使えないのに、より高度な魔法が使えるだなんて話は聞いたことがないのだから。

「ルーファスは何かあったのかしら？」

「それが……」

朝食の時間になった。ダイニングルームには俺たち三人と両親の姿がある。そしてお母様は早くも俺の様子がおかしいことに気がついたようである。

ハァ。無意識にため息が出ちゃう。だって魔法を使える日がくるのを楽しみにしていたんだもん。

ギリアムお兄様が小さな声で説明をしたのだろう。お母様が「まあ！」と驚きの声をあげた。

気まずい。とても気まずい。海の底に沈む貝になりたい。まさかここから追放フラグが立って、追放されちゃうのか？　俺、召喚スキルしか持ってないよ？

「ルーファス、落ち込むことなんて何もないわよ。あなたには私たちがついているわ」

「そうだよ、ルーファス。ルーファスが魔法を使えないのなら、その代わりに周りの人が魔法を使えばいいだけの話だよ」

ううう、家族の優しさが身に染みる。ギリアムお兄様の励ましで、お父様もおおよそのことを察したことだろう。それでもお父様の顔には温かい笑顔が浮かんでおり、俺を追放するようなことはなかった。ありがてぇ。

朝食を終えた俺は召喚ギルドへと向かった。

「おはよう。みんなそろってる？」

「おはようございます、ルーファス王子」

「おはようございます、ギルド長」

うむ、みんなそろっているな。全部で三人しかいないけど。ちょっと寂しい。

この光景を見れば、創造神が召喚スキルの知名度をアップしてほしいと言うのもうなずける。召喚スキルのことがもっと世の中に広まれば、興味を持ってくれる人がたくさん増えることだろう。そうなれば、きっと創造神も召喚スキルを継承させやすくなるはずだ。頑張らなくっちゃ。

だがその前に、確認しておかなければならないことがある。事と次第によっては、安易に召喚スキルを広めることができないかもしれない。そのときは、何か対策を考える必要がありそうだ。

「昨日は色々あってほとんど何もできなかったけど、今日は午前中の時間が使えるからね。二人には色々と教えてもらうよ。それでまずは……召喚スキルを持っていると、どんな魔法が使えるようになるのかな？」

「……」

「……」

あ、察し。セルブスとララが気まずそうに俺から目をそらした。どうやらウソでも冗談でもなく、本当になんの魔法も使えないようである。魔法なんてない。そんなものはなかったんだ。

「あの、まことに申し上げにくいのですが、召喚スキルを継承しても、なんの魔法も使うことはできないのです」

「そうか。それならしょうがないね。だからセルブス、そんな顔をしないでよ。セルブスが悪いんじゃないんだからさ」

「ですが、ルーファス王子のお顔が大変なことになっておりますよ」

だってしょうがないじゃないか。七年も待ち望んだ〝魔法を使う〟という夢が儚くも砕け散ってしまったのだから。バッキバキだよバッキバキ。

召喚スキルはやはりハズレスキルだった。魔法生物はすごい力を秘めているのに。

ん？　魔法生物はすごい力を秘めている？　そういえば朝食のときに「ルーファスが魔法を使えないのなら、その代わりに周りの人が魔法を使えばいい」って、ギリアムお兄様が言ってたな。

そ・れ・だ！　どうして今までだれも気がつかなかったんだ。なんだ、簡単なことじゃないか。

「フフフ、アッハッハ！」

「あ、あの、ギルド長？」

突然笑い出した俺に困惑するララ。セルブスも目を大きくしてこちらを見ている。その光景が妙におかしく感じた。

なるほど、だから召喚スキル持ちは魔法が使えないのか。もし使えていたら、他のスキル持ちから「ありゃチートだ」って非難の声が相次いでいたはずだ。

「セルブス、ララ、俺にいい考えがある」

「それは一体？」

「俺たちが魔法を使えないのなら、魔法生物たちに魔法を使ってもらえばいいんだよ！」

「な、なんですとー！」

想像もしなかったのだろう。セルブスが目と口を大きくして叫んだ。ララは口元に両手を当てて、そのクリクリとした深紅のお目々をブラッドムーンのように丸くしている。

思いついたら即実行。三男坊である俺の長所は、他の兄たちと比べてフットワークが軽いことである。

何しろ、無用なしがらみがまだないからね。王太子としての立場も、次期騎士団長としての立場も、さらには試験もなんにもないのだ。俺は自由だ。今の俺を止めることはだれもできないだろう。お母様以外。

「それではさっそくやってみるとしよう。まずは火種の魔法の代わりになる魔法生物を呼び出すとしよう。グフフ、何にしようかな？　火と言えば、やっぱりあれだよね」

「あの、ルーファス王子を疑うのではありませんが、大丈夫なのですか？」

「大丈夫だ、問題ない。俺、失敗しませんから」

セルブスとララの顔が引きつっている。だが俺の頼もしき相棒であるラギオスとピーちゃんは両手をたたいて喜んでいる。俺のことを疑っていないその目。これは期待を裏切れないぞ。

ちなみにラギオスに頼めば、火くらい簡単につけてくれるだろう。だがそれはそれ、これはこれである。俺は新しい魔法生物を呼び出したいのだ。想像しろ。そして念じろ！

「ルーファス・エラドリアの名において命じる。顕現せよ、サラマンダー！」

テーブルの上に、全身を真紅のうろこに包まれた小さなトカゲが現れた。普通のトカゲと違うのは頭の部分に小さな炎がともっているところだろうか。四本の足でヨチヨチ歩く姿はとてもかわいらしい。

モフモフもいいけど、は虫類特有のあのなんとも言えない手触りも好きなんだよね〜。

『若様、お呼びですかな？』

「うひゃあ！」

テーブルの上に現れたサラマンダーの姿に驚いて、ララがイスごと後ろに転げた。ララのパンツ見えとるがな。

頭、打たなかったかな？　慌ててララに駆け寄る。どうやら頭は打っていないようである。だがしかし、かなり動揺しているようだ。やっぱりは虫類は生理的にダメだった？　こんなにかわいいのに。

「ごめんね、ララ。驚かせちゃって。サラマンダーもごめんね。驚いたでしょう？」

『そのようなことはありませぬ。慣れておりますからな。それよりも、それがしを呼んでいただき、ありがとうございまする』

そう言うと、サラマンダーが深々と頭を下げた。なんだろう、なんで武士なの？　テーブルの上でキュルンとした瞳でこちらを見つめるサラマンダー。

両手に乗るほどのその体をソッと手ですくい上げる。陶器のような滑らかな肌触り。どうやら体を覆っている赤色のうろこがこのスベスベ感を生み出しているようである。これは癖になる触り心地だ。ずっと触っていたい。

「すごい！　かわいい！　ラギオスとピーちゃんとはまた違ったかわいさがあるぞ。愛嬌があるというか、なんというか。とにかく最高ってこと！」

「あの、ギルド長、熱くないのですか？」

俺の手の中に収まっているサラマンダーをチラチラと見ながらララが尋ねてきた。やっぱり苦手みたいだな。これだと、ララがサラマンダーを召喚するのは無理そうだぞ。別の魔法生物を考えないと。

「それが全然熱くないんだよね。この額にあるのはたぶん炎だよね？」

サラマンダーの額のところで燃えている小さな炎を触ってみるが、まったく温度を感じなかった。強いて言うなら、ぬくい感じかな。どうなってるの？　もしかして、ハリボテ？

『若様、熱くなくて当然ですぞ。何せ、攻撃状態ではありませんからな』

「なるほど。攻撃する、しないを選択できるのか。そういえばそうだよね。動物だって、いつも爪を出しているわけじゃないし」

俺はそう納得したのだが、どうやら他の人たちはそうは思わなかったようである。その場にいた俺以外の全員が腕を組んで首を傾けていた。

魔法生物はまだ未知な部分が多い。みんなが納得するまでにはかなりの時間がかかりそうである。

「無事に召喚できたことだし、見せてもらおうか、サラマンダーの性能とやらを！」

『お任せあれ！』

ずいぶんと自信があるようである。これは期待できそうだぞ。俺はバルトに頼んで、燃やしても大丈夫なものを持ってきてもらった。

バルトが持ってきたのは金属製のタライに入れた紙だった。確かにこれなら大丈夫だろう。

「サラマンダー、この容器の中に入れてある紙に火をつけてもらえないかな？」

『御意に』

サラマンダーが口から火種を吐き出すと、いともたやすく紙が燃えた。

成功だ。間接的ではあるが、俺も火種を作り出す魔法が使えるようになったと言えるだろう。その様子を見て、セルブスとララが目を輝かせながら驚いていた。

召喚スキルの新時代、始まったな。召喚士王に俺はなる！

「予想通り。これで召喚スキル持ちは想像力次第で色んな魔法が使えることを証明することができたぞ」

「ルーファス王子、お見事です。まさか召喚スキルにこのような可能性が秘められていたとは。このセルブス、ルーファス王子に感服いたしましたぞ」

「わ、私も副ギルド長と同じ気持ちです」

サッと俺の前にセルブスとララが並ぶと、片膝をついて頭を下げながらそう言った。どうやら心から感激しているようである。

なんとなくその気持ちは分かるような気がする。これまでは召喚できる魔法生物の種類も少ないし、おそらく命令できる指示にも限界があったのだろう。かみつけ、とか、つつけ、ひっかけ、くらいしかなかったのかもしれない。

そこへ俺が登場したことで、まるで自らが魔法を使うかのように火種をつけることができたのだ。それを目の当たりにして召喚スキルに無限の可能性を感じ始めたのだろう。

ションボリスキルからドヤ顔スキルへと早変わりだ。

「二人とも顔をあげてよ。二人にはこれから俺と一緒に、召喚スキルの有用性を多くの人たちに伝える役目を担ってもらわないといけないんだからさ」

「もちろんですとも。どこまでもお供いたしましょう」

「頑張ります！」

よしよし、いい感じにまとまったぞ。これで召喚ギルド内の結束も固くなったはずだ。ここからだ。ここから俺の召喚スキルでモフモフハーレム無双が始まるのだ！

「それじゃ、ララはまずバードンを呼び出すところから練習を始めようか」

その間に別の火種用魔法生物を呼び出しておかないといけないな。そうでなければララが火種の魔法を使うことができない。

そんなことを考えていると、先ほどから静かにしていたラギオスとピーちゃんが、新しい仲間を気にし始めた。

「ラギオス、ピーちゃん、カイエンと仲良くするんだよ」

『カイエン？　まさか、それがしの名ですか！』

「そうだよ。気に入らなかった？」

『いえ、そのようなことはありませぬ。よきお名前をありがとうございまする』

今にも涙を流しそうな勢いで頭を下げるカイエン。どうやらこの名前を気に入ってくれたようである。かっこいい名前だもんね。

新しくサラマンダーのカイエンが仲間に加わったぞ。テッテレー！

名前をつけてあげただけで、カイエンとの心の距離がグッと近づいたような気がする。これこそペットを飼ったときの最高の瞬間だよね。

そんなことを思っていると、部屋の扉がノックされた。だれだろう？　召喚ギルドに用がある人なんて、そんなにはいないと思うんだけど。

セルブスとララと三人で顔を見合わせていると、こちらの返事を待たずに扉が開かれた。

こんなことが許されるのは王族のみ。お兄様たちが俺の様子を見にきたのかな？　もう、過保護なんだから。

ちょっとほほ笑ましく思いながら振り向くと、そこにいたのはお母様だった。セルブスとララがメデューサににらまれて石になったかのようにカチンコチンに固まる。

ちなみにお母様はメデューサでもなんでもない。もしそんなことを言おうものならぶっ飛ばされることだろう。おお怖や。

「ごきげんよう、お母様。何かご用でしょうか？」

「ルーファスが元気そうで何よりだわ。ほら、今朝のことがあったでしょう？　だから、あなたが落ち込んでいるのではないかと思って、心配になって様子を見にきたのよ」

「心配をおかけして申し訳ありません。ですが、今はすべてが解決しましたよ！」

俺の勢いに、お母様が半歩後ろに下がった。どうやらちょっとがっつきすぎたようである。鎮めなきゃ。大きく深呼吸をしてから笑顔を作った。

しかしお母様は〝わけが分からないよ〟といった顔をしている。それもそうか。ついさっき編み出した方法だからね。

俺はその必殺の方法をお母様に報告しようと、机の上にいたカイエンを手の上に乗せた。

「お母様、これが火種の魔法の代わりになる、サラマンダーのカイエンです。かわいいでしょ？」

「サラマンダー？　ヒ……トカゲ！」

「お母様！」

白目になったお母様が後ろに倒れた。それをすかさず、お母様専属の使用人たちが両側から支える。ナイスチームワーク。まるで最初からお母様が倒れることを予見していたかのようである。さすがやでぇ。だてにつき合いが長くないな。

さてどうしたものか。これまでのお母様の傾向からすると、数分もすれば目を覚ますことだろう。

どのみちお母様には謝らないといけないことになるし、今回はお母様の部屋まで連れていかずに、この部屋のソファーに寝てもらうことにしよう。

「お母様をソファーに寝かせてくれないかな？　すぐに目を覚ますと思うからさ。念のため、何か毛布を持ってきてよ」

「承知いたしました」

使用人たちは静かにお母様をソファーに横たえると部屋を出ていった。お母様の近くにはもちろん護衛騎士がついている。だが、さすがの護衛騎士も、俺がお母様に何かしでかすとは思っていなかったようだ。今も困惑した表情で俺のことを見ている。

護衛騎士たちに目をつけられちゃったかな？　しょうがないね。お母様には虫類を見せてはいけない。いい勉強になったと思うことにしておこう。

「カイエンはお母様の視界に入れない方がいいみたいだね。せっかくお母様に紹介してあげようと思ったのに」

「ルーファス王子、だれにでも苦手なものの一つや二つ、あるものですよ。そうだ、ちょうどよい機会です。ルーファス王子に、〝召喚した魔法生物を還す方法〟をお教えしましょう。本来なら、昨日、お教えする予定だったのですが」

「そういえばまだ教わっていなかったね」

セルブスが笑顔を硬くしている。最初に教えるべきことを俺に教えられなくて、申し訳なく思っているようだ。そんなこと気にしなくていいのに。昨日は俺もみんなも、慌ただしいことになってしまったからね。うっかり忘れていてもしょうがないと思う。

「呼び出した魔法生物は、元の自分の魔力として取り戻すことができるのです。もちろん、すべての魔力を取り戻せるわけではありませんけどね」

おお、それはすごいな。てっきり消費した魔力は自然回復でしか回復しないと思っていた。おそらくそれは召喚スキル持ちだけの特徴なんじゃないかな？　放った火魔法を吸収して魔力を回復した、なんて話は聞いたことがないからね。俺が知らないだけかもしれないけど。

「どうやってやるの？」

「それではお見せしましょう。セルブス・ティアンの名において命じます。顕現せよ、マーモット」

セルブスの足下に、昨日見たマーモットが出現した。主の命令待ちなのか、微動だにしない。

思ったんだけど、俺が魔法生物を召喚したときと、なんだか魔法生物の雰囲気が違うよね？　意思がないというかなんというか。

「ルーファス王子、還すときはこのように命令するのです。戻れ、マーモット」

マーモットが小さな光の粒になった。そしてそれはセルブスの体に触れると消えていった。あんな感じで魔力を吸収するのか。なるほど、大体分かった。

「よし、それじゃ俺も試してみよう。カイエン」

手のひらの上にいるカイエンと目が合った。うるうるした瞳でこちらを見ている。まるで「もう戻しちゃうの？」とでも言っているかのようである。

　こんな顔をしている、俺のかわいい魔法生物を戻すことができるだろうか。いやできない。

　俺が困っていると、どうやらお母様が目を覚ましたようである。ソファー付近が騒がしくなった。とりあえず、またお母様を驚かせないように、カイエンをテーブルの上に置いた。

「カイエンはここで待っててね。お母様、大丈夫ですか？　申し訳ありません。新しく呼び出した魔法生物がかわいすぎて、我を失っていました」

「ルーファス、それってさっきの子のことよね？　いいのよ、気にしないでちょうだい。いきなりでちょっと驚いただけだから。いいこと？　今度からは事前にどんな魔法生物なのかを私に教えてから見せてちょうだい」

「分かりました」

　さすがはお母様。理解力があって優しい。そして包容力も大きいのだ。ついでに胸も大きいぞ。

　念のため、カイエンのことを説明し、トカゲ型のサラマンダーという種類であることを話す。そしてカイエンには火を扱う力があることを告げた。

「なるほど。そのカイエンちゃんの力を火種として利用するということなのね。よく考えたわね、ルーファス。それならもしかして、どんな魔法でも使えるようになれるのかしら？」

「その可能性はあると思います。もちろん、その魔法に対応した魔法生物を呼び出せるかどうかで変わってくるとは思いますが」

「すごいわ！　召喚スキルってすごいスキルだったのね。いいえ、召喚スキルもすごいけど、ルーファスはもっとすごいわ！」

「グェ」

感極まったお母様が俺を思いっきり抱きしめた。そしてスッポリとお母様の胸の谷間に収まる俺。俺は抵抗する暇もなく、カエルが潰れたような声を出すことしかできなかった。

まずい……く、苦しい……死ぬ……。

『主！』

『ピーちゃん！』

そのとき、頼れる相棒のラギオスとピーちゃんが俺とお母様との間に割って入ってくれた。ハッと我に返ったお母様が俺を胸の谷間から解放してくれた。危なかった。危うく三途（さんず）の川（かわ）を渡るところだった。川の向こうで手招きする、前世の両親の姿が見えたぞ。

「コホン。ルーファス、さっきの子を連れてきてちょうだい。もう大丈夫だから」

「分かりました」

今度はお母様を驚かせないように、両手でカイエンを包み込んだ。これなら向こうからは見えないはずだ。

「お母様、こちらがカイエンです」

『先ほどは驚かせてしまって申し訳ありませぬ、母君殿。かくなる上は、切腹して……』

「そんなことしなくていいからね！」

「ああ、ええと、カイエンちゃん、顔を見せてもらえるかしら？」

俺の手のすきまから恐る恐るカイエンが顔をのぞかせた。切腹って……武士かよ！　しばらく見つめ合うお母様とカイエン。

どうなるんだ？　やっぱり切腹を申しつけちゃったりするのか？

「あら、よく見るとかわいい顔をしているわね。今までこんなにじっくりトカゲを見たことがないから、恐ろしい生き物だと思い込んでしまっていたわ」

セーフ！　どうやらカイエンを介錯（かいしゃく）せずにすみそうだ。危なかった。この調子でララもカイエンに慣れてくれればいいんだけど、難しいかな？

お母様とカイエンが見つめ合ったところで、その力を見せてあげることにした。カイエンが無事に火種としての役割を果たしてくれれば、お母様の心配も吹き飛ぶことだろう。

そうなれば、お母様やこの場にいる使用人、護衛騎士たちにも召喚スキルと魔法生物たちのすごさと、すばらしさと、有用性と、美しさと、心強さとかわいさを知ってもらえるはずだ。

そして召喚スキルが優れたスキルであるとみんなから認知されるようになれば、知名度アップにつながるはずである。これは間違いなくいい展開！

「お母様、こちらへどうぞ。これからカイエンのすばらしい力をお見せしますよ」

「分かったわ。見せてもらおうかしら。その、カイエンちゃんのすばらしい力とやらを」

お母様を連れてテーブルへと向かう。そこにはすでに、先ほどの容器の中に紙が用意されていた。バルトが笑顔を浮かべ、レイがツンとしているところを見ると、どうやらレイが準備してくれたようである。

レイはツンデレなので、ツンとした顔をしているときは、間違いなく彼が動いたときである。

そんなレイの表情を確認しながら、しっかりとその働きをねぎらっておく。これはレイとの信頼関係の構築に欠かせない儀式なのだ。ちょっと面倒くさい？

「さすがはレイだね。おかげでお母様を待たせなくてすんだよ」

「レイ、いつもルーファスがお世話になっているわね」

「もったいないお言葉です」

レイが深々と頭を下げた。ちょっとその肩が震えている。もしかして泣いているのか、レイ？

感極まりすぎ！　だがしかし、レイがツンデレであることを知っているお母様は笑顔を崩すことはなかった。さすがである。

「それでは今から、この容器の中に置いてある紙に火をつけます。カイエン、さっきと同じように火をつけてもらえないかな？」

『御意に！』

ゴワッ！　と勢いよくカイエンが火を噴くと、あら不思議。容器が溶け、テーブルの一部が灰になってしまったぞ。

やったねカイエン！　炎の威力があがったぞ！　って、ナンデ!?

「ルーファス？」

お母様が鋭いジト目で俺を見てきた。まずい。お母様がお怒りになる寸前だ。

「いやちょっと待って下さいお母様。違うんですこれは。カイエンサン!?」

『申し訳ありませぬ。どうやら名前をいただいてから、自身の格が上がったようでして……』

「格が上がる？」

『はい。魔法生物として、前よりもさらに強くなったということです』

なるほど。よく分からん。よく分からんが、カイエンがそう言うのならそうなのだろう。名前をつけることでお互いの絆（きずな）がより深くなったような気がしたのだが、おそらくそれが何か影響を及ぼしているのだろう。たぶん。

そうなると、今朝、ピーちゃんを召喚スキルで呼び出したときに、くちばしが昨日よりも鋭くなったように見えたのはそれが原因なのかもしれない。今日はちゃんと名前で呼び出したからね。

「お母様、どうやらカイエンという名前をつけたことで、魔法生物の格のようなものが上昇したみたいです。それで、力の制御を誤ったようです」

「格が上がる……そんなことがあるの？」

「召喚スキルはまだまだ未知な部分が多いですからね。これから少しずつ解明されていくことになると思いますが、どうやらそのようです」

ひとまず納得してくれたようである。お母様からそそがれる目力が弱まった。ホッ。

だが、このままでは終われないぞ。俺はもう一度、容器と紙を用意してもらった。

先ほどの失敗があったのでもう大丈夫なはず。今度こそ頼むぞ、カイエン。

「それでは改めて。カイエン、ちゃんと手加減してよね」

『お任せあれ！』

フッと今度は小さな火種が飛び、紙だけをキレイに燃やした。

なかなかやるじゃない。というか、最初からこれをやってほしかった。そうすれば、お母様からにらまれることはなかったのに。

「よくやったぞ、カイエン。どうですか、お母様？　これなら私でも火種の魔法を使えることになりますよね」

「ええ、そうね。火種どころか、もっと危険な魔法も使えるようになっているみたいですけどね」

笑顔のお母様。お分かりいただけたようである。

今度から命令するときは、言葉を慎重に選ばなくてはいけないな。何をどうしたいのか、しっかりと伝えないと。

以心伝心なんてものはなかった。言葉にしなければ、いつだって大事なことは伝わらない。

それからの時間は、召喚スキルの練習の時間になった。俺が元気になったことを確認したお母様は、「やりすぎないように」と俺にクギを刺してから足早に部屋を去っていった。

もしかしてお父様へ報告に行ったのかな？　これは夕食の時間に何か言われるかもしれない。

まあ、ちょうどいいか。お父様に話しておきたいことがあったからね。それはもちろん、創造神からのご神託の件である。

さて、それまではどうしようかな？　そういえば、ララもカイエンが苦手みたいだったな。それじゃ、ララがいつまでたっても火種を使えない。ならどうするか。火種として使える魔法生物を、サラマンダー以外で呼び出せばいいじゃない。

ララは今、バードンを召喚できるようになるべく、なぜかサイドチェストをキメているピーちゃんをスケッチしている。

つまり、ララは鳥系の魔法生物なら大丈夫だってこと。

念のため、すでに火を噴く鳥が存在していないかを魔法生物図鑑で確認した。だがその心配はいらなかったようである。それどころか、物理攻撃をする魔法生物しか存在していないようだ。

認めよう。召喚スキルはハズレスキルだった。だがその召喚スキルは今、不死鳥のようによみがえるのだ！

つまり、さっきまでは死んでいたってこと。

「ルーファス・エラドリアの名において命じる。顕現せよ、ファイヤーバード！」

『チュンチューン！』

モッフモフのスズメが手の上に現れた。そのモフモフの羽は赤く染まっており、おなかの部分は真っ白である。今は空気を羽の中に取り込んで、まん丸になっている。かわいい。超、かわいい。サイズはもちろん、そのまんまスズメのサイズである。これならみんな驚かないだろうし、ララとも仲良くやっていけるはずだ。

「かわいい、かわいすぎる。自分の才能が怖い。こんなにまん丸ちゃんを召喚することができるだなんて、最高だ。しかもめっちゃフワフワ！」

どうかな、と思ってララの方を見ると、口が大きく開きっぱなしになっていた。

フム、サラマンダーのときのように、パンツ丸見えでイスごと後ろに倒れることはなかったみたいだな。まずはつかみはオッケーといったところか。

「ギルド長、それは……？」

「このファイヤーバードはサラマンダーの代わりだよ。ララはサラマンダーが苦手みたいだったからね」

俺がララに説明している間に、レイが容器に紙を準備してくれていた。グッジョブ、レイ。レイに笑顔を向けると、プイと目を背けた。ツンデレか。

まあいいや。遠慮なく試させてもらおうじゃないか。ファイヤーバードの力をね。

「ファイヤーバード、この紙を燃やすんだ。紙だけだよ」

『チュン！』

ボッとファイヤーバードが火種を吐いて紙に火をつけた。成功だ。さすが俺。計算通りである。

それを見たララが惜しみない拍手を送っている。これなら大丈夫そうだな。

「さて、それじゃ名前はどうしようかな？　スズメ、スズメ……おチュンだな」

『チュン！』

どうやらおチュンは「チュン」としか話すことができないみたいだ。性能の違いなのかな？　詳しくはよく分からない。これからの召喚スキルの研究に期待だな。

せっかくなので、ピーちゃんとおチュンにポーズをとってもらい、ララのスケッチに貢献してもらうことにした。

どれどれ……？　ララ、絵が下手！　これは時間がかかりそうだぞ。前途多難だが、いつかきっと召喚できるようになる。俺はそう信じているよ。

俺が温かい目でララを見守っていると、セルブスがララの絵を見て眉を八の字にしていた。

「セルブス、どうかした？」

「いえ、その、ルーファス王子が立て続けに新しい魔法生物を生み出したので、その登録をしなければと思案していたところです」

「なるほど、確かにそうだね。俺たちだけじゃなくて、後世にも伝えていく必要があるからね。どうすればいいの？」

「説明文章と……魔法生物の絵が必要になりますね」

「あー」

そういえば魔法生物の本には、かなり詳細な絵が描かれていたな。まるで写真かのような精緻さだった。あれ、だれが描いたのかな？　ララじゃないのは間違いないだろうけど。そして歯切れの悪い答えから、セルブスも絵には自信がないようだ。

奇遇だな、セルブス。俺も絵には自信がないんだ。困ったな、どうしよう。バルトとレイが描けたりしないかな？

「バルト、レイ、念のため聞くけど、絵が得意だったりしないよね？」

「えっと、さすがにそれは……」

「描けません」

申し訳なさそうに頭をかくバルトに対し、レイはキッパリと宣言した。曇りなき目をしている。レイの絵心もララと同じように絶望的なのかもしれない。どうしたものか。

まずは最初からダメだとは考えないで、俺も絵を描いてみるべきだろう。ララの横に座って、俺もピーちゃんとおチュンの絵を描いてみた。どんな絵を描いているのか気になるのか、ラギオスとカイエンが俺の手元をのぞいている。これならラギオスを描いてもよかったかな？　もしうまく描ければ、そのまま挿絵として使えたかもしれない。

『これは……！』

『若様、これはひどい！』

「ちょっとカイエン、そこまで言う!?」

二人の反応が気になったのか、バルトとレイ、セルブス、ララが俺の手元をのぞいてきた。

みんなの肩がプルプルと震えている。笑いたいなら笑うがいいさ。

「ルーファス王子、宮廷画家に描いていただくのがよろしいかと思います」

「そうかもしれない。でもなんか悔しい。負けたような気がする。そうだ、召喚した魔法生物に描かせればいいんだよ。何にしようかな?」

ピカソは人間だから召喚するのはまずいだろう。それなら青いクマの姿をした筋肉モリモリの先生なら……やっぱ無理だよね。でもなぁ。クマかぁ。クマ。よし。キミに決めた!

「ルーファス・エラドリアの名において命じる。顕現せよ、アートグマ!」

『ベアー! ベアッ』

「ぬおお!?」

「キャー!」

突如現れた黄色いクマに、セルブスが後ろへ飛びのき、ララがイスごと倒れた。どうやらララは転び慣れたようで、頭を打つようなことはなかった。もちろんすぐに助け起こした。

ごめんね、ララ。驚かせるつもりはなかったんだよ。こんなにかわいいつぶらな瞳をしているのに、驚くとは思わなかったんだよ。それはそうとして。

「ウヘヘ、かわいい。俺の想像通り、いや、想像以上だ。自分の才能が怖い」

「これは……クマですな」

「うん。クマだね。お絵かき専用のクマだよ」

セルブスにどのような意図で呼び出したのかを説明しつつ、モフモフの毛をモフモフする。ひたすらモフモフするべし。

『ベア、ベアベア』

「うーん、どうやら『ベア』としか話せないみたいだね。名前はそうだな、分かりやすくベアードにしよう」

『ベアッ！』

まずはベアードの触り心地の確認だ。大きさは動物園にいるクマと同じくらいである。違いはやはり色。全身黄色いので、どこかファンシーな雰囲気を醸し出している。これなら怖くないと思うんだけど。

まずはおなか周りの毛を確認する。ラギオスとは違い、短い毛並みではあるが、ほどよい弾力があって気持ちがいい。ベアードの上で寝たら、とっても心地よさそうだ。

「みんなも触ってみる？　とっても気持ちいいよ。癖になりそう」

「そ、それでは触らせていただきます」

「私も触らせてもらいます。あっ、これは……」

おなか周りの毛を気持ちよさそうになでている二人。そういえば二人にはラギオスを触らせていなかったな。ついでなので、ラギオスも触ってもらう。

恐る恐るではあったが、ラギオスの毛並みを確認するその顔は、どこかヘブン状態に見えた。恐るべし、ラギオスの毛並み。

新入りのベアードに、ラギオス、ピーちゃん、カイエン、おチュンを紹介する。モフモフや、スベスベが集まって、今この部屋は最高の空間になっている。

召喚スキル最高。ありがとう、創造神様。俺は今、モフモフハーレムを満喫してます。

「ベアード、さっそくだけど、キミの力を見せてもらえないかな？」

『ベアッ！』

ベアードはそう言うと、自分の胸をドンとたたいた。まかせんしゃい！　ということなのだろう。

頼もしいぞ、ベアード。

「それじゃ、まずはラギオスの絵を描いてもらえないかな」

『ベア』

紙と鉛筆をベアードに渡すと、サラサラとラギオスをスケッチし始めた。ラギオスはツンとすましたようなポーズをとっている。これなら威厳のある絵が完成しそうだね。できあがりが楽しみだ。

そんなベアードが描いている絵を見て、セルブスとララが目を輝かせていた。

「これはすごいですね。この絵を見れば、宮廷画家も真っ青になることでしょう」

「すごく上手(じょうず)です。私もベアード先生に習った方がいいのでしょうか？」

「ララ、人には得意、不得意があるからね。ララは絵の上手、下手は気にせずに、しっかりとピーちゃんとおチュンを観察すればいいんだよ。絵を描くのは、想像力を高めるための儀式の一つだと思ってほしい」

「分かりました」

ちょっと安心したような表情になったララ。ララはそのまま素直に大きくなってほしい。

俺の励ましを受けて、二羽のスケッチを再開したララ。そうそう、その調子。これならそう時間もかからず、二羽を召喚することができるようになるだろう。

『ベア』

「もう完成したの？　どれどれ……って、うまっ！　そっくりだよ、ベアード。これはすごい」

他のみんなにも見せてあげると、満場一致でこれはすごいという意見だった。これなら魔法生物の絵をベアードに任せることができるぞ。さすがは俺が召喚した魔法生物。その性能は折り紙付きだな。

ラギオスを描き終わったベアードに次はカイエンの絵をお願いする。ベアードもお絵かきをするのが好きなのか、口笛を吹きながらカイエンの肖像画を描いている。口笛!?

衝撃の光景に驚いていると、なんだか扉の向こうが騒がしくなってきた。

何かあったのかな？　俺は部屋の中にいるし、今回は廊下で騒いでもいないぞ。そんなことを思っていると、部屋の扉がノックされることもなく開かれた。

こんなことをして許されるのはこの国の国王陛下くらいだろう。つまり、この部屋にお父様が来たというわけだ。扉の方を見ると、その後ろにはお母様の姿も見える。

ははーん、なるほどね。予想通り、お母様がこの部屋で見たことをお父様に話したようである。そしてそれを聞いたお父様が慌ててこの部屋へやってきたというわけだ。そりゃ扉の向こうが騒がしくもなるか。

やっぱりお母様を卒倒させた上に、テーブルの一部を灰にしたのはまずかったようである。不可抗力であったとしてもだ。どうしよう。めちゃくちゃ怒られるかな？

「ルーファス、話は聞いたぞ。何やらまた新しい魔法生物を呼び出したそうだな。一体、どれだ？ああ、もう、どうしてこんなことになるんだ。召喚スキルがこんなに厄介なスキルだなんて聞いてないぞ」

「……あら？　ルーファス、さっきよりも増えてないかしら？」

「あ、気がつかれました？　さすがはお母様。よく見ていますね」

「ルーファス」

「はい」

お父様ににらまれた。そんな俺をかばうべく、俺のかわいいモフモフたちが、俺とお父様との間に割って入ってくれた。大なり小なりあるが、結構、迫力があるな。特にベアード。小さくなるように言っておけばよかったかな。

「おおう、よしよし。私は友好的な話し合いにきただけだからな？　だからルーファス、みんなの誤解を解いてくれ。特にその黄色いクマが爪を出し入れしているので、やめさせてくれ」

「分かりました。ベアード、まだダメだよ」

「違う、そうじゃない」

額に手を当てて大きく頭を振ったお父様を護衛騎士たちがテーブルへと連れていった。もちろん厳重警戒している。そんなことしないのに。もしかして、俺ってあんまり信用されてない？

「ルーファス、なぜテーブルの一部がすすけているのだ？」

「それはサラマンダーのカイエンが火力の目算を誤ったからですよ。国王陛下はトカゲは大丈夫ですよね？」

「ああ、大丈夫だ」

「これがカイエンです」

『お初にお目にかかります。殿』

「あ、ああ、今後ともよろしく頼む」

顔が引きつっているお父様。どうやら手乗りトカゲがテーブルを灰にするとは思ってもみなかったようである。

カイエンがラギオスと同じ性質を持っているのなら、おそらく命令すれば大きくなることもできるのだろう。それをやると、お母様とララがひっくり返りそうなのでやらないけどね。さすがにお母様のパンチラはまずい。

「ルーファス、こっちのかわいい赤い鳥はどんな魔法生物なのかしら？」

「こちらはファイヤーバードのおチュンです。ララがサラマンダーが苦手みたいだったので、その代わりになる魔法生物を呼び出したのです」

「そうなのね」

お母様はそう言ったものの、その目は「最初からこちらを呼び出していればよかったのでは？」という目をしていた。いいじゃない。だってサラマンダーはかっこいいし、かわいいからね。

おチュンはチュンチュンとお母様にあいさつをしている。それを見たお母様がおチュンを持って帰りたそうにしてるけど、それ、俺のだからね？　飼うなら鳥かごを用意して、野生の鳥を飼って下さい。

ちょうどよいタイミングなので、それを提案してみようかな？　この世界にペットを飼うという習慣が芽生えるかもしれないぞ。

「えっと、ルーファス、それではこのクマの魔法生物も紹介してくれないか？」

「この子はアートグマのベアードです。魔法生物図鑑を作るのに必要な、魔法生物たちの絵を描いてもらっています。見て下さい、この絵。すごいでしょう？」

そう言ってから、先ほどベアードに描いてもらった絵をお父様とお母様に見せた。それを見た二人がうーんとうなっている。

「確かにそっくりだな。だが、わざわざ魔法生物を呼び出さずとも、自分たちで描いてもよかったのではないか？」

「それが、みんな絵心がなくてですね……」

「あら、ルーファスも描いたの？　見せてちょうだい」

う、断りたい。断固として断りたい。でも先ほどお母様を気絶させてしまった手前、非常に断りにくい。

俺は覚悟を決めて、先ほど描いた絵をお母様に手渡した。それを横からのぞき込んだお父様が、必死に笑いをこらえている。笑ってよ、お父様。その方がこちらも笑い話にできるからさ。

「なかなか個性的で素敵な絵じゃない。私はいいと思うけど、魔法生物図鑑に載せるのにはちょっと向かないかもしれないわね」

眉を八の字に下げ、ほおに手を当てるお母様。そのままその紙を専属使用人に手渡した。

その絵、どうするつもりですかお母様！　まさか、額縁に入れて部屋に飾ろうだなんて思ってないですよね？

だがしかし、今さら取り戻せそうにない。こうしてまた一つ、俺の黒歴史が生まれたのであった。

「宮廷画家顔負けの絵を描く魔法生物か。もはやなんでもありだな」

見せるんじゃなかったな。トホホ。

「召喚スキルは想像力次第でどんなことでもできるのですよ。ベアードだって絵を描く以外にも、爪で攻撃することができそうですからね」

「だからといって私で試そうとしないように。ハァ、スキル継承の儀式からたったの二日で、よくこれだけの騒ぎを起こせるな」

「それはそうですよ。国王陛下の子供ですからね」

俺が会心の笑みを浮かべてそう言うと、お父様が再び大きなため息をついた。

ギリアムお兄様とレナードお兄様に聞いても、きっと俺はお父様にそっくりだと言うはずだ。お母様も苦笑いしているし、間違いない。

「そうでした。国王陛下に話しておかなければならないことがあったのでした」

「すごく悪い予感がするのだが、聞こう」

お父様を含めたみんなに今朝の夢の話をする。ちなみに俺が前世の記憶を持っていることは話していない。言うのが怖かったからである。どんな反応をされるのか、分からないからね。

話し終わると、お父様とお母様が両手で頭を抱えた。もしかして、言わない方がよかったかな？でも、ラギオスが言ったように、秘密にしておく方がまずいと思うんだよね。

「皆、よく聞くように。今の話はだれにも話すな。いいな？」

お父様の威圧が室内を重苦しく包み込んだ。

結局その日、お父様とお母様はそれ以上、何も言わずに戻っていった。だが、翌日にはお父様も頭の整理ができたのか、「しばらくおとなしくするように、頼む」と俺に頼み込んできた。

どうやらお父様のライフポイントがゼロになりかけているようである。追加でお母様からも同じようなことを言われたので、しばらくはおとなしくしておくことにした。

召喚ギルドへ顔を出してみたものの、セルブスとララは魔法生物図鑑を制作中だ。俺が手伝えることは特になさそうだ。二人の邪魔をしないことが、今の俺の、一番の仕事だと思う。

「暇になっちゃったな。そうだ、みんなにお城の中を案内してあげよう」

「それはやめた方がよろしいかと……その、目立ちますので」

バルトがチラリと俺の隣でしっぽを振っているラギオスたちを見た。つぶらな瞳は何かを期待しているようである。

目立つか。確かにそうかもしれない。それなら目立たないところに行けばいいんじゃないかな。

そういえばレナードお兄様から、この城には古い地下室があるって聞いたことがあるぞ。

「それなら、普通の人が入れない区画ならどう？　地下室とかさ。レナードお兄様も昔、お城の地下を探検したことがあるみたいなんだよね」

そう言うと、バルトとレイが顔を見合わせた。二人ともまだ若いから、レナードお兄様が地下探検をした当時はまだこの城で働いていなかったかもしれない。

だが、俺の護衛騎士になっているからには、お城の立ち入り禁止区画についてはしっかりと教えられているはずだ。そして二人の反応を見るに、地下は立ち入り禁止区画にはなっていないようである。

一体、地下には何があるのだろうか。結局、レナードお兄様は何があるのか教えてくれなかったんだよね。ニヤニヤしてたけどさ。

いつか地下室に行ってみろ。そこにこの城の秘密を置いてきた、ということなのだろう。なんだかワクワクしてきたぞ。

「分かりました。ですがその前に、地下室へ行く許可を国王陛下にいただいて参ります」

「バルト、真面目（まじめ）すぎ」

ネットリとした目でバルトを見たが、どうやら効果はなかったようである。レイにこの場を任せると、足早に部屋から出ていった。

もしかすると、俺の知らないところでお父様からきつく言われているのかもしれないな。二人には申し訳ないことをしてしまったのかもしれない。

「レイ、もしかして、俺が原因で国王陛下に怒られた？」

「いえ、そのようなことはありません。ですが、ルーファス様が何かいつもとは違う行動を起こそうとしているときは、すぐに報告するようにときつく言われました」

「なんかごめん」

「ルーファス様が謝ることなど何もありません。ルーファス様のご意向を最大限かなえるのが、我々の仕事ですから」

忠義に厚いレイは雲一つない青空のような澄んだ目で俺を見つめながらそう言った。

うーん、レイ目線ではそういう解釈になるのか。さすがは俺の信者だ。バルトは俺が思っている以上に苦労しているのかもしれないな。今度、胃薬をプレゼントしておこう。

第三話　秘密の隠し部屋

レイと一緒におとなしく待っていると、間もなくバルトが戻ってきた。その後ろには、なぜかギリアムお兄様とレナードお兄様の姿があった。

これはあれだな。許可を出す代わりに、ギリアムお兄様とレナードお兄様も一緒に連れていくようにと国王陛下から言われたようだな。

「聞いたよ、ルーファス。地下室へ行きたいんだって？　怖がりのルーファスにしては珍しいね」

そう言ってギリアムお兄様がニッコリとほほ笑んだ。その一方で、レナードお兄様はなぜかニヤニヤとした、ちょっと嫌な笑顔をしている。なんだろう、悪い予感がする。

まさか、地下室にお化けがいたりするのかな？　そんな話、聞いてないよ。地下室と言えば、秘密の部屋と宝物庫、そしてそれから……怪談話だー！

「ルーファス様？」

「いや、えっとぉ……」

「大丈夫。心配はいらないよ。ちゃんと国王陛下から許可をもらってきたからね。ルーファスもスキル継承の儀式が終わったのだから、この城の秘密を知ってもいいだろうってさ」

「この城の秘密ですか？」

何それ。初めて聞く話なんだけど。この城に秘密があったんだ。まさか変形して、巨大ロボットになったりしないよね？　それはそれで見てみたいんだけど。

「そうだぞ、ルーファス。これでルーファスも大人の仲間入りだな。行こう。この城の地下深くへ！」

レナードお兄様がうれしそうな顔をしている。俺がビビっているのがそんなにうれしいのか。だれにだって苦手なものの一つや二つくらいあるものさ。

どうしよう。お断りするか？

「もしかして怖くなったのかな？　それなら無理して行かなくても……」

「い、行きますよ、ギリアムお兄様！　行くよ、ラギオス、カイエン、ベアード。ピーちゃんとチュンはララのモデルになってあげていてね」

『ピーちゃん！』

『チュンチューン！』

大丈夫。俺には心強い仲間たちがついている。仮にお化けが出ても、必ず守ってくれるはずだ。実体のない相手にも、ラギオスたちなら、きっとなんとかしてくれるはずだ。

ギリアムお兄様とレナードお兄様に連れられてお城の中を進んでいく。場所は俺たち王族がプライベートで使っている区画である。

この区画に入れる貴族はいない。もちろん、一般人もいない。

「あ、あの、一体どこに入り口があるのですか？」

「この先だよ。ほら、扉が見えてきた」

視線の先にはなんだか古めかしい扉が見えてきた。黒くすすけたその扉は、どうやら金属でできているようだ。

木製の扉が主流の時代に金属の扉とはとても珍しいな。まるで何かヤバイものでも封印しているかのようである。よく見ると、何やら文字のようなものが刻まれている。大丈夫だよね？

「ギリアムお兄様、レナードお兄様？」

「この扉の向こうに地下通路が続いているんだよ。ここまでくることはめったにないだろうね」

「長年、城で働いている人でも知らない人は多いと思うぞ？　バルトとレイも知らないみたいだし」

そう言ってレナードお兄様が二人の方を向くと、同意するかのように小さくうなずいている。

マジかよ。それならなんで、だれも来ないはずの扉を兵士が守っているのかな？　絶対にこの先に何かあるよね。封印されし何かがあったりするのかな。思わずギュッとラギオスを抱きしめる。

『主(あるじ)よ、何やらこの先から感じるものがあります』

「やめてよね、ラギオス。お化けじゃないよね？」

『違うような気がしますが、ハッキリとは分かりません』

「なんだ、ルーファス。まだ扉を開けてもいないのに、もう帰るのか？」

レナードお兄様がとてもいい笑顔でそう言った。

「ぐぬぬ」

ここで帰ったら、あとでお父様に笑われる。知っているんだぞ。お兄様たちがお父様の間者であることは。それならやるしかねぇ。ラギオスを抱きしめ、カイエンは肩に。ベアードは俺の後ろを守るんだ。

いや、ディフェンスに定評がありそうなベアードは前の方がいいのかな？

「それじゃ行くよ。扉を開けてもらえるかな？　許可は国王陛下からもらっている」

そう言って、扉を見張っている兵士にギリアムお兄様が一枚の紙を見せた。それを見た兵士は敬礼してから扉を開けてくれた。半分くらい。

どうして全開にしないいんだ。怖いんですけど。

「あの、レナードお兄様、地下通路の先には何があるのですか？」

「行けば分かるさ」

フフフと笑うレナードお兄様。

ケチ！　心の準備くらいさせてくれてもいいじゃない。

先頭を行くレナードお兄様がライトの魔法を使った。それはボンヤリと、扉の向こうへ続いている真っ暗な通路を照らした。ヒンヤリとした湿った空気が俺のほおをなでていく。

当然のことながら、通路に明かりはない。ところどころにロウソク立てらしきものがあるので、明かりをともすことはできるみたいだ。

レナードお兄様を先頭に、通路を進んでいく。レナードお兄様が使ったライトの魔法によって照らされた通路は、レンガのようなものが積み上げられて作られていた。入り口の扉の劣化具合に比べて、こちらは劣化が見られない。

なんだか不思議な感じだな。壊れないレンガとか、この世界に存在するんだ。試しに触ってみたが、ちょっと冷たく感じる手触り以外には特に得られる情報はなかった。たぶん石だと思う。

「不思議だろう？　このレンガは昔からずっとこのままみたいなんだよね」

そんな俺の様子に気がついたのか、ギリアムお兄様が声をかけてきた。俺の緊張をほぐそうとしてくれているのかもしれない。レナードお兄様とは大違いだ。優しい。さすがはギリアムお兄様。

「昔って、どのくらいですか？」

「聞いた話だと、この城ができる前からみたいだよ」

ちょっと、一体、なんの上にお城を建てちゃってるの!?　ギリアムお兄様の話が本当なら、ここって古代遺跡か何かだよね。大丈夫なのかな。

すごく悪い予感を覚えながら慎重に先へと進む。お兄様たちはその先に何があるのか知っているようで、その顔には余裕がある。きっと大丈夫。

バルトとレイをチラリと見ると、二人の顔は緊張のあまりこわばっていた。たぶん、今の俺の顔も同じようになっているんだろうな。

そうして少し歩いたところで、再び鉄製の扉が見えてきた。今度は見張りの人はいない。だが、明らかに「この先に何かあります」と言わんばかりの紋様が描かれていた。

「ギ、ギリアムお兄様、この先に何が？」

「ちょっとした防衛機構かな？　まあ、私とレナードがいれば大丈夫だよ。バルトとレイはルーファスをしっかりと守ってね」

「御意に」

「え？」

ちょ、待てよ。防衛機構って、この先でこれから何かと戦うことになるの？　それって、もしかしなくても、お化けとかなのかな。ラギオスの爪は鋭そうだけど、お化けには効かないんじゃないかな。

それならラギオスのブレス攻撃になると思うんだけど、滅びのなんたらストリームを打ち込んだら、地下ごと城が破壊されることになりそうだ。それはとってもまずいぞ。どうして俺は対お化けに特化した魔法生物を召喚しなかったんだ。

いや、今からでも遅くない……と思ったところで、お兄様たちが扉を開けて中へと入っていった。一気に辺りが暗くなる。俺は慌てて二人のあとを追いかけた。

「ライト！」

ギリアムお兄様が手を掲げて魔法を使う。ギリアムお兄様の手から離れたライトが上昇し、職員室くらいの大きさの部屋を明るく照らした。

そこに見えてきたのは首のない鎧（よろい）。デュラハンだ！

「デュラハン!?　なんでこんなところに！」

「落ち着けルーファス。あれが城の地下を守る防衛機構の一つだ」

「一つ？　ということは、他にもあるってことですよね？」

「ああ、そうだな」

へ、へぇ、知らなかったなー、城の地下にこんな設備があるだなんて。その先にはきっとすごいお宝が眠っているんだろうなー。俺、もう帰ってもいいかな？

だがしかし、俺の目の前でランランと目を輝かせているレナードお兄様を見ると、今さら帰るとは言えそうにない雰囲気である。

レナードお兄様がスラリと剣を抜いた。あれは普通の騎士が持っている剣ではなく、レナードお兄様がコレクションしている剣の一つである。どれもとってもいいお値段がするはずだ。その分、切れ味もすごいはず。いつかレナードお兄様がそう自慢してた。

つまり、レナードお兄様は剣を集めるのが趣味ってこと。

そしてギリアムお兄様はサポートするつもりなのか、短い杖（つえ）を構えている。こちらはレナードお兄様とは違い、お城で働く魔導師たちに支給されているものと同じである。弘法（こうぼう）筆を選ばずといったところだろうか。それはそれですごいと思う。

「お兄様の手を汚すほどでもないと思いますよ？」

「そうかい？　それじゃ、次まで取っておこうかな」

なんだかすごい会話が飛び交っているな。レナードお兄様にとっては余裕なのか。デュラハン、六体もいるんだけど。

それよりも気になるのが、いくら王族しかくることができない場所だからといって、王族が率先して前に出て戦っていいのかということである。バルトとレイは俺の護衛に徹するみたいだし、お兄様たちの護衛も手出しをしないつもりのようだ。

「ねえ、お兄様たちが戦ってもいいの？」

近くにいるお兄様たちの護衛にそう尋ねた。もしかしたら、何か聞いているかもしれない。

「どうやらここは王族にとって特別で神聖な場所らしく、直接戦うことが許されている場所だそうです。そして我々護衛は倒れた王族の方を外へと連れ出すのが仕事です」

そ、そうなんだ。どうやらこの場所には、何か特別な力が秘められているようである。

王族の試練の間か何かなのかな？

「ラギオスは何か感じる？」

『床に何やら細工が施されているようですね。おそらくそれが王族を保護する力を持っているのでしょう』

「ということは、それ以外の人は保護されないってこと？」

『そうですね。だから他の人は手を出さないのでしょう。まあ、私なら何も問題ないですけどね』

そう言って胸を張るラギオス。その言葉が聞こえたのか、カイエンもベアードも同じように胸を張っている。その姿はかわいいんだけど、まだステイだからね？　今は様子を見ておこう。

目の前ではレナードお兄様がとてもいい顔をして剣を構えている。デュラハン相手に、どうしてそんなにうれしそうなのか。そんなことを思っている間に、ついに戦いが始まった。

前に出たデュラハン。それに対してレナードお兄様が音もなく、流れる川のようにスルスルと接近すると、縦一文字に真っ二つにした。ウソでしょ。

「え、斬った音がしなかったんだけど」

「さすがはレナードだね。また腕を上げたみたいだ。こんな機会でもないと、本気で戦えないからね。張り切っているようだね」

イヤイヤイヤイヤ、ギリアムお兄様？「張り切っているみたい」で、すませないで下さいよ！冗談でしょ!?　いくらレナードお兄様が持っている剣が業物だとしても、あれはない。もしかしてあれが剣聖スキルの真骨頂なのだろうか。初めて見た。

だが、デュラハンたちもそのままやられっぱなしではなかった。レナードお兄様を囲むようにガチャガチャと動いている。

その中の一体が、その左手に持った大きくて、丈夫そうな盾をレナードお兄様へたたきつけた。シールドバッシュだ。これはまずいのでは!?

そんな風に思った俺の目の前で、その大盾に向かってレナードお兄様が剣をたたきつけた。ウエ

ポンバッシュ！

どうやらレナードお兄様の放ったウエポンバッシュの方が威力が高かったらしく、大盾ごとはじき返されるデュラハン。もはや人間業じゃない。

「ハッハッハ！　前よりも弱くなったんじゃないのか？」

そのまま笑いながらデュラハンをバラバラにしていくレナードお兄様。これはもう、どっちが悪役なのか分からないな。デュラハンの持っている盾ごと切断するとか、もうわけが分からない。

あっという間にデュラハン軍団をバラバラにしたレナードお兄様は、汗一つ流すことなく剣を納めた。それを見たバルトとレイがちょっと引いていた。

つまり、レナードお兄様はバケモノってこと。

レナードお兄様にはケンカを売らないようにしておこう。そんなことをしたら、真っ二つにされる。あのデュラハンみたいに。

「お疲れ、レナード。さすがだね」

「このくらい、準備運動にもならないですよ。次はもう少し楽しめたらいいんですけどね」

「レナード、次は私の番だよ。もし私が不覚を取りそうなら、遠慮なく援護してくれ」

「それなら私の出番はなさそうですね」

肩をすくめるレナードお兄様。

何これ。もしかして、ギリアムお兄様も、レナードお兄様並みにすごいってこと？　そういえば、ギリアムお兄様が本気で魔法を使っているところは見たことがないな。もしかして見られるのだろうか？　それはそれでちょっと楽しみなような気がする。

部屋の中で少し休憩をしていると、いつの間にか反対の扉が開いていた。どうやら部屋の防衛機構を突破すると、次の扉が開く仕掛けになっているようである。なにげにハイテクだな。

休憩が終わったところで先へと進む。今度はギリアムお兄様の番か。細い通路の先に、次の扉が見えてきた。

「ギリアムお兄様、次は何が相手なのですか？」

「次はガーゴイルだよ。ガーゴイルは空を飛ぶからね。なかなか厄介なんだ。レナードでも苦戦するんじゃないかな？」

「そんなことはありませんよ。飛ぶ斬撃がありますからね。お見せしましょうか？」

「また今度ね」

レナードお兄様の「飛ぶ斬撃」発言をサラリと流すギリアムお兄様。何？　なんだよ飛ぶ斬撃って。何が飛ぶの!?

疑問符を浮かべている間に次の部屋に到着した。ギリアムお兄様が扉を開けてライトの魔法を天井の方へと放り投げると、部屋の中にいくつもの石像が浮かび上がった。翼を持つ悪魔、ガーゴイルの石像だ。たくさんいるー！

「ギリアムお兄様!?」

「大丈夫だよ。そんなに数は多くない。多くないけど、地下だからあまり強力な魔法は使えないんだよね。仕方がない。一体ずつ、地道に破壊していくことにしよう」

「ヒェ」

もしここが地上だったら、あのガーゴイルの群れをまとめて破壊するつもりだったの!? どんだけ強力な魔法を使うつもりだったんだよ。見てみたいけど、それは使ったらダメなような、すごく複雑な気持ちです。

「ファイヤーボール」

ギリアムお兄様の杖の先から、まばゆく輝く火の玉が打ち出された。あれ？　いつも見るファイヤーボールよりも小さいぞ。なんだかギュッと詰まっているみたいな感じだ。

『兄上様もなかなかやりますね。どうやらファイヤーボールを圧縮して、威力を高めているようです』

「へ、へ～」

そんなこともできるんだ。さすがは学者スキルを持っているだけはあるな。きっと色んな角度から魔法を研究したんだろうな。そして到達したのが、あの圧縮したファイヤーボール。なんだか輝きが違うんだけど、圧縮しすぎて超新星爆発とかしないよね？

飛んでいったファイヤーボールをうまくかわしたガーゴイル。あっ！　と思ったときには、そのファイヤーボールは軌道を修正して、ガーゴイルの背中へとぶつかった。

ゴオンという音と共に砕け散るガーゴイル。とんでもない威力だな。そう思っていると、ファイヤーボールは意思を持っているかのように、次のガーゴイルへと襲いかかった。

何あれ。近くの石像に誘導するミサイルか何かかな？

そのまま次々とファイヤーボールがガーゴイルたちを破壊していく。だが、破壊される前にこちらへと向かってくるガーゴイルもいた。

「うーん、さすがに一つじゃ無理か。こっちにはルーファスもいることだし、ファイヤーボールの数を増やそうかな？」

そんなことをつぶやいて、ギリアムお兄様が追加でファイヤーボールを四つほど放った。

え、そんなこともできるの!?

「ギリアムお兄様、魔法って、同時にいくつも使えるのですか？」

「うん。そうだよ。まあ、ちょっとコツがいるけど、この通りさ」

目の前ではファイヤーボールが元気よく飛び回り、まるで墓場で火の玉が運動会をしているような光景になっている。楽しい……のか？

「何これ……」

「さすがはお兄様だな。あの数のファイヤーボールに襲われたら、俺も無傷ではすまないかもしれない」

「ファイヤーボールに襲われるってなんですか!?」

なんだこの会話。俺の常識を軽々と越えてくるんだけど。この世界を甘く見てた。どうやらまだ知らないことだらけなようである。王城図書館にある本は、たくさん読んでいるはずなんだけどなー。

俺が口を開けている間に戦いは終わったようである。もちろんギリアムお兄様の完全勝利。足元には元ガーゴイルの残骸しか残っていなかった。

「ギリアムお兄様、今さらですが、防衛機構を破壊してもよかったのですか？」

「それは大丈夫だよ。明日になれば、元に戻っていると思うよ」

「どんな構造になっているんですか、ここ」

「うーん、それが、昔から色んな研究者が調べているみたいなんだけど、まだすべてを解明できていないんだよね。私も今も研究中だよ」

「ソウデスカ」

楽しそうに話すギリアムお兄様を見て、なんだか気が遠くなった。恐るべし、学者スキル持ち。その探究心は無限のようである。危険なんてなんのその。むしろ危険のある方が燃えるのかもしれない。

「次はルーファスも戦ってみるかい？」

「え」

「いい考えですね、お兄様。ルーファスも今の自分の実力を知っておいた方がいいぞ。万が一のときに、逃げるか戦うのかを迷わず選べるようになるからな」

「大丈夫です。私は速攻で逃げますから」

剣も魔法も使えない俺がどうやって戦うんだよ。確かに魔法生物たちに戦わせればどうにかなるのかもしれないけど、それは最終手段にしたいところである。正直なところ、ラギオスたちを制御できるか分からない。すでにカイエンが机の一部を灰にしたところだからね。

「ルーファス、男なら、戦わなければならないときもあるんだぞ」

「どうしたんですか、レナードお兄様。そんな急に真面目(まじめ)な顔をして？」

「お前はいつも、俺をどんな風に見ているんだ？」

サッと目をそらす。バリバリの脳筋の兄だと思っているなどと、ここで口にすることができようか。いや、できない。そんなことをすれば、戦ってハイになっているレナードお兄様に斬られるだけだ。

目をそらした場所にいたギリアムお兄様は苦笑いしている。あれはあきれているというよりかは、〝すでにレナードお兄様がやらかしたことがある〟という顔だな。一体、何をやらかしたんだ、レナードお兄様は。

そんなことを思っている間に、次の部屋にたどり着いた。どうやらお兄様たちは本当に俺にも戦わせるつもりのようである。先ほどから、どちらが戦うかという話をしていない。

「あの、本当に私が戦うのですか？」

「不安かい？　それなら一緒に戦おう。それならどうかな？」

「それならなんとか……」

「お兄様は本当にルーファスに甘いですね。以前、二人で来たときにはそんなこと言いませんでしたよね？」

「だって、レナードの方が強いだろう？」

お兄様たちに余裕の表情が見え隠れするのは、過去に何度かここへ来たことがあるからなのだろう。もしかすると、自分たちの力試しをするためにここに来ているのかもしれないな。訓練場でだれかと戦った場合、間違いなく、手加減されるだろうからね。それでは自分の実力を知ることができない。

だからこそ、俺にも戦ってみないかと勧めているのだろう。きっと〝その方が面白そうだから〟というよこしまな考えではないはず。ないよね？

「ギリアム様、次の部屋は一体何が待ち構えているのでしょうか？」

バルトが恐る恐るといった様子で尋ねる。もしかしてバルト。

「デュラハンとガーゴイルが同時に襲いかかってくるよ。数は少ないけどね」

「それでしたら、我々も戦いに加わってもよろしいでしょうか？　私たちはルーファス様の護衛ですので」

「うーん」

考え込むギリアムお兄様。何かまずいことでもあるのかな？　王族しか戦ったらダメだとか。そのままレナードお兄様を見るギリアムお兄様。

「いいのではないですか？　バルト、レイ、少々のケガなら大丈夫だけど、致命傷を負わないようにだけは気をつけるんだぞ」

レナードお兄様にそう言われて、顔を見合わせるバルトとレイ。

「あの、なぜそのようなことを？」

「この部屋を出た瞬間に、王族であるならば完全回復するようになっているんだよ。でも、そうでない人たちはそのままなのさ」

「なるほど……」

何その仕組み。とんでもない技術が使われているんですけど！　完全に秘密の部屋じゃん。それって王族を鍛えるための専用の部屋だよね？　一体、どんな技術が使われているんだ。これはギリアムお兄様でなくても気になるぞ。

「そういうわけなんだ。だから、気をつけて戦ってほしい」

ギリアムお兄様が眉を下げながらそう言った。

「分かりました」

ギリアムお兄様としてはなるべく二人には戦わせたくないんだろうな。でも、俺はまだ七歳の子供だし、多少はしょうがないと思っているのだろう。ここは二人の護衛対象として、しっかりと言い聞かせておかねば。

「バルト、レイ、無理しなくてもいいからね？　俺には頼れるラギオスとカイエンとベアードがついているからさ」

『主の言う通りです。我々に任せて下さい』

『若様には指一本触れさせませんぞ』

『ベアッ！』

みんなもやる気十分である。これなら俺が扉の外へ逃げる時間くらいはかせいでくれそうだ。

ギリアムお兄様の顔を見てからしっかりとうなずく。すぐにギリアムお兄様がうなずき返してくれた。そしてレナードお兄様が俺の頭の上に、ポンと手を置いた。

「心配はいらない。どんなことがあっても、ルーファスは俺が守るからな」

「おや、レナードだけにいい格好をさせるつもりはないですからね？」

ギリアムお兄様とレナードお兄様が顔を見合わせて笑顔になってる。

やだ、かっこいい。さしずめ今の俺は、〝二人の王子様に守られるお姫様〟といったところだろうか。

そう考えると、ちょっと複雑である。これは俺も少しは戦えるところを見せて、二人の兄を安心させるべきだろう。

ちょっとごたついたものの、俺たちは部屋の中へと進んだ。先ほどと同じように、ギリアムお兄様がライトの魔法を天井へ向けて放り投げた。いいな、ライトの魔法。俺もライトの魔法が欲しいな。

そんなことを思っている間にも室内が照らされていく。部屋の中にはギリアムお兄様が言った通り、デュラハンとガーゴイルの石像が並んでいた。数は少ないが、地上と空からの同時攻撃に対処するのは大変だと思う。

俺たちが足を踏み入れるのと同時に、それらの防衛機構も動き出した。

「まずは私たちがスキを作ります。ルーファス様はそこを攻撃して下さい」

「分かったよ。任せたからね、バルト、レイ」

「お任せ下さい！」

そのうちの一体のデュラハンがこちらへと突進してきた。まずは小手調べといったところかな？すぐにバルトとレイが対応する。デュラハンの重そうな大剣をバルトが剣で受けた。

ガシン！　というすごい音がする。レナードお兄様が戦ったときは剣を受けることがなかったからね。なぜならレナードお兄様はすべてを切り裂いていたから。あれを見ると、やっぱり剣聖スキルってチートだと思う。

バルトは聖騎士スキル、レイは暗黒騎士スキルを持っているのだが、剣を受けるので精一杯みたいだ。それでもあの重そうな攻撃を受け止められるのはすごいと思う。俺なら重さに負けて、真っ二つにされていただろうな。

大剣を受け止めたバルトをはじき返そうと、デュラハンの大きな盾が動いた。それを今度はレイが剣で受け止める。そしてデュラハンの動きが止まった。

「ルーファス様、今です！」

「分かった。ラギオス、あのデュラハンを破壊して！」

『御意に』

そう言ってラギオスが片手を振った。その瞬間、デュラハンはバラバラになった。

え、何？　何が起きたの？　手、当たってないよね？

ガランガランとデュラハンの破片が床に転げ落ちる音だけが、やけに大きな音で響いた。全員の動きが止まる。もちろん、部屋の奥から、こちらへ向けて移動していたデュラハンとガーゴイルも含めてである。

「あー、えっと、よくやったぞ、ラギオス！　こっちへ戻ってきて」

『もう終わりですか？　もっとやれますけど……』

「他のみんなにも活躍の場を取っておいてあげて」

ちょっと不服そうなラギオス。どうやら召喚スキルはチートスキルのようである。剣聖スキルの比じゃなかった。ギリアムお兄様とレナードお兄様も目が点になっている。バルトとレイも。

「あー、えっと、次はカイエンにお願いしようかな。こちらに飛んできている、一番手前のガーゴイルを倒してほしい」

『それがしにお任せあれ！』

ギュワンという何かがゆがむような音がして、カイエンの口から真っ赤な光線が発射された。何あれ。ビームかな？

ビームが直撃したガーゴイルは……溶けてる！　石が溶けてるよ。これはまずい。

「カイエン、部屋を壊したりしてないよね!?」

『心配には及びませぬ。ちゃんと制御して、あのガーゴイルだけを倒すだけにとどめております』

「よくやったぞ、カイエン。さすがだね。最後はベアードだ！」

『ベアッ！』

やる気満々のベアードがカポンカポンと両脇を手で鳴らしている。何そのお風呂場でおじさんがやりそうな動作は。俺はまだやったことないからね？

空気を読んだデュラハンの一体が、ガシャガシャと音を立てながら近づいてきた。優しい。キミたち完全に分かってやってるよね？　なんだかだんだんと倒すのがかわいそうになってきた。でも、これがキミたちの使命なのだろう。それならこっちも手加減なしで相手するべきだよね。

「行けっ、ベアード！　キミに決めた！」

『ベアッ！』

両手をクロスしたベアードの指先から、鋭い爪がジャキンと飛び出した。何それかっこいい。そしてそのまま近づいてくるデュラハンに躍りかかった。

決着はすぐについた。ベアードが両手の爪でデュラハンをサイコロステーキのようにバラバラにしたのだ。あとでちゃんと再生するよね？　ちょっと心配だ。

「よくやったぞ、ベアード」

『ベア』

爪を出したままのベアードが背中で返事をした。前方を見ると、どうやら今度はデュラハンとガーゴイルが一斉に襲いかかってくるような構えをしている。

ならばこちらも、全員でお相手しよう。もちろん俺は後ろで見ているだけだが。こんなことなら、ピーちゃんとおチュンも連れてくるべきだった。だがもう後の祭りである。

「俺たちの出番はなさそうですね、お兄様？」

「そうみたいだね。私としてはルーファスが召喚スキルで呼び出した魔法生物たちの力が見られたので、特に不満はないけどね」

どうやらギリアムお兄様はついでに魔法生物たちの観察もしていたようだ。さすがは学者スキル持ち。見慣れないものを見つけたら、観察せずにはいられないらしい。あとでその観察結果をもらえないかな？　これでも俺、そのうちお父様に召喚スキルについての報告をしなくちゃならないんだよね。ダメかしら？

「ラギオス、カイエン、ベアード、ケガしないように気をつけて、あいつらを倒しちゃって！」

『お任せ下さい』

『相手にとって不足なし！』

『ベアッ！』

そこからは一方的な戦いだった。ラギオスがカイエンのまねをしてレーザー光線を口から発射して、空を飛ぶガーゴイルたちをなぎ払い、大きくなったカイエンがそのしなやかで強靭なしっぽでデュラハンたちを蹴散らした。そこにベアードが飛び込み、次々と三枚おろしにしていく。圧巻の光景だった。

ごめんウソ。ただの一方的なジェノサイドだったわ。目をつぶりたくなる光景だった。

「えっと、よくやったぞ、みんな。ギリアムお兄様、レナードお兄様、終わりましたよ？」

「そうみたいだね」

「これはひどい。俺でもここまではしなかったぞ」

笑顔を絶やさないギリアムお兄様。あきれるレナードお兄様。色々と思うところはあるんだろうけど、俺も戦えるようになったということが証明されたことだろう。危険人物として認定されたかもしれないけど。

……大丈夫、だよね？

無事に第三の防衛機構も突破した俺たちはそのまま先へと進んだ。すると、何やら円形の広場にたどり着いた。中央には台座があり、その上には何も置かれていない。

なんだか寂しい光景だな。防衛機構もないみたいだし、一体、なんの部屋なのだろうか。そしてどうやら、この円形の広場で行き止まりのようである。隠し部屋でもあるのかな。なんだかそんな気がする。

「ギリアムお兄様、この部屋は？」

「見ての通り、何もない部屋、と言いたいところだけど、ちょっとした秘密があるんだよ」

そう言って部屋の中央にある台座へと向かうギリアムお兄様。遅れずにその後ろについて行く。もちろんラギオスたちも一緒である。

ギリアムお兄様がナイフで自分の指を切り、台座の上に一滴の血をたらした。

「ギリアムお兄様？」

「大丈夫だよ。私は回復魔法も使えるからね。ヒール！　ほら、この通り」

先ほどまであった傷口が完全に塞がっていた。いいな、魔法。使えないと分かっていてもやっぱり憧れてしまう。

そんなことを思っていると、部屋に変化が現れた。部屋の一部にポッカリと入り口が現れたのだ。

「この台座に王族の血をたらすことで現れる特別な扉さ。基本的には王族しか入れないようになっているよ」

「中には何が？」

「フフフ、入ってみれば分かるよ」

ドキドキしながらギリアムお兄様とレナードお兄様について行く。そこは宝物庫になっていた。

壁や棚の上には色んな武器や鎧なんかが飾られており、テーブルや床の上には色とりどりの宝石と、箱に詰まった金貨が置かれていた。

すごい、宝物庫は実在したんだ。

「すごいです！　こんなところに隠されていたのですね」

「この地下はとても頑丈に作られているみたいなんだ。だから非常用の蓄えを隠しておく場所として使われているんだよ」

「このことはみんな知っているんですか？」

「家族はみんな知っていると思うよ。ルーファスも今、知ったわけだからね」

どうやら俺がスキルを継承するまでは黙っていたようである。スキル継承の儀式を行って、初めて一人前だと認められるのだろう。これで俺も正式に王族の仲間入りか。ちょっとプレッシャーだな。

「ラギオス、どうしたの？　さっきから一点を見つめているけど」

どうも先ほどからラギオスが壁の方をジッと見つめているんだよね。ラギオスだけじゃない。よく見ると、カイエンもベアードも同じ場所を見ている。

なんか怖いんですけど。ホラー要素ならやめてよね。

『あの壁の向こうに仲間の気配を感じます』

「仲間の気配？　それって、ラギオスたちと同じ魔法生物がいるってこと？」

『おそらくは』

「ん？　どうしたんだ、ルーファス？」

俺たちがザワザワしていることに気がついたのだろう。レナードお兄様がこちらへとやってきた。

どうしようかな。今の話、するべきかな？　した方がいいんだろうな。きっと俺に何か関係があるはず。

「レナードお兄様、あの壁の向こうにも何かあるのですか？」

「いや、何もないはずだ。この部屋で行き止まりのはずさ」

そう言って、その壁の方へと向かっていった。勇気があるな、レナードお兄様。俺は怖くて無理だぞ。

コンコンと壁をたたき、確認するレナードお兄様。確かにその向こうには空間などはなく、詰まっているようだった。

「どうしたんだい、レナード？」

「ルーファスがこの壁の向こうを気にしていたので、何かあるのかなと思いまして」

「この壁の向こう？」

首をかしげならギリアムお兄様もその壁へと近づいた。俺たちも一緒に確認する。

うん。どこからどう見ても、ただのレンガの壁だな。このレンガのどれか一つをついたら隠し扉が開かれるとかいう、ベタな展開があったりするのかな？

「ラギオス、何か分かった？」

『先ほどよりも気配が強くなりました。やはりこの先に何かがいますね』

「こわっ！　帰りたい」

『主よ、壁に手を置いてもらえませんか？』

「やだよ、怖い……」

「ルーファス、せっかくだからやってみてもらえないかな？　私たちではなんの反応もないみたいだからね。ラギオスがそう言うからには、きっと召喚スキルを持った者が触らないとダメなんだよ」

どうしてそんなにいい顔をしているんですかね、ギリアムお兄様？　何か起こって、怒られることになったら、どうするのですか。

だがしかし、ここまで連れてきてもらった手前、断るわけにはいかないだろう。恐る恐るその壁を触った。

その瞬間、溝に光がユルユルと走り始めた。慌てて壁から手を離したが、光はそのまま走り続けた。そして消えた。なんだ、今のは。見間違いかな？

「これは！　壁が動いてるね」

「まさかこんな仕掛けが隠されていたとは」

「ひゃあ！」

思わずラギオスにしがみつく。中身は大人でも、怖いものは怖い。しがみつかれたラギオスが苦しそうにしているが、ちょっと我慢してほしい。

だって壁が音もなくヌルヌルと動くんだよ？　気持ち悪いよね？

壁の動きが止まった。そこに現れたのは小さな部屋だった。そこには見るからに怪しげな宝箱がポツンと一つだけ置いてあった。

ラギオスたちが感知した魔法生物ってあれだよね？　あれってもしかして、トラップボックス？宝箱にしか見えないな。

ポツンとわざとらしく置かれた宝箱。怪しい。いかにも怪しい。ラギオスから言われなくても、あれは何かの罠だと思うのが普通だろう。

「壁の向こうには宝箱か」

なんだかうれしそうにしているギリアムお兄様。研究者って怖いものなしなの？

「あの宝箱、ものすごく怪しいです」

「そうだな。だが、悪い予感はしない」

レナードお兄様がハッキリとそう言った。どうやらレナードお兄様が持つ剣聖スキルには悪い予感を察知する能力があるようだ。それじゃ、俺が思っているような、トラップボックスではないのかな？

「どうします？」

「悪い予感がしないのなら調べてみよう。レナード、頼めるかい？」

「任せて下さい。ルーファスは離れておくように」

「分かりました」

ジリジリと怪しげな宝箱に近づくレナードお兄様。俺はラギオスを抱き、ベアードの後ろに隠れた。

思ったんだけどさ、こんな危険な任務を第二王子がするのはどうなのだろうか。それだけ剣聖スキルがすごい力を持っているってことなのかもしれないけど。

護衛騎士は何かあったときに備えるかのようにすでに剣を抜いていた。それに対して、レナードお兄様はまだ剣の柄（つか）に手さえかけていない。その余裕のある様子に、スキルによる優劣の差を感じずにはいられなかった。

スキルの使い手次第でいくらでも差が埋められるとはいえ、圧倒的なスキル性能差の前では無意味なのかもしれない。

レナードお兄様が宝箱に迫ったとき、プルプルと宝箱が震え出した。

『ボク、悪いトラップボックスじゃないよ！』

「うお！　しゃべるのか、こいつ」

さすがのレナードお兄様もしゃべる宝箱にはビックリしたようだ。足を止めて、剣の柄に手をかけていた。

それにしても、悪くないトラップボックスとはこれいかに。冒険者を罠にかけて、悪徳商人のような笑い方をするのがトラップボックスの流儀なのではなかろうか。それこそがプロフェッショナルのあかし。

「どうやらラギオスたちと同じ魔法生物みたいですね。魔物図鑑で見たことはありませんが。ギリアムお兄様とレナードお兄様はどうですか？」

「初めて見るね。この形状の魔物はいなかったはずだよ」

「俺も見たことはないいな」

うーん、と考え込むお兄様たち。それに対して、俺はそのトラップボックスにだんだんと興味が湧いてきた。

つまり、かつての王族の中に、召喚スキルを持っていた人がいたかもしれないってこと。

「トラップボックスさん、お話ししませんか？　お友達をたくさん連れてきたよ」

ラギオスたちを連れて前に出た。恐る恐るといった様子で、トラップボックスのフタが少しだけ開いた。真っ暗で箱の中はよく見えない。でも見られているような気配を感じる。

『ほ、本当だ！　こんなにたくさん。もしかして、あなたがボクの新しいマスターですか？』

「マスター？　どういうことなの」

振り返った俺と目が合ったギリアムお兄様は首を左右に振り、レナードお兄様は両手をあげた。お兄様たちにも分からないみたいだな。これは困った。どうやら直接、本人に聞くしかないようだ。

「トラップボックスさん、もしかして、マスターを探しているのですか？」

『そうです。ボクのマスターになってくれる人を探しています』

「どうしたらキミのマスターになれるのか教えてもらえませんか？」

『ボクに名前をつけることができたら、その人がマスターです』

「なるほど。ラギオス、他人が呼び出した魔法生物を自分のものにすることはできるの？」

『呼び出した人物がこの世界にいない場合であれば可能かもしれません』

この部屋は長い間、だれも知らなかったみたいだし、おそらくこのトラップボックスを召喚した人物はすでにこの世を去っているのではないだろうか。

そうなると、ずっとこの子は一人ぼっちでここにいたことになる。なんだか悲しくなってきた。

俺がこの子を救ってあげるんだ。

「よし、それじゃ、俺が名前をつけてあげるよ。そうだな、トラップボックスだから、トラえもん？はちょっとまずそうなので、トラちゃんにしよう。どうかな……って、どうしたの、トラちゃん!?めっちゃ光ってるんだけど！」

『マスターの再登録が完了しました。今日からボクはマスターの下僕です』

「下僕……いや、俺は魔法生物を下僕だなんて思ってないよ。呼び出すときはかっこつけて、ラギオスのことをしもべって言っちゃったけど、今はそんなこと思ってないからね？」

そう言ってラギオスをギュッと抱きしめた。どちらかと言えば、今では俺の方がラギオスのしもべだろう。このモフモフのためなら、俺はなんでもラギオスに貢ぐぞ。

「今はみんな友達だよ。だからトラちゃんも友達だ」

『うん、友達です！』

トラちゃんがカタカタと器用に箱を交互に傾けながら駆け寄ってきた。トラップボックスってそんな走り方をするんだ。フタもパカパカと開け閉めしており、とってもうれしそうである。

召喚スキルって、動物型の魔法生物以外も呼び出せるんだね。そうなると、石のゴーレムはもちろん、巨大ロボットだって呼び出せちゃうのかもしれない。夢が広がるな。

そんな俺たちの様子をお兄様たちは見守ってくれていた。

「まさか魔法生物を隠すためだけにこの隠し部屋が存在していたとは。そのトラちゃんに、何か秘密があったりするのかな？」

ギリアムお兄様が首をかしげている。確かにそうだな。大事な魔法生物を隠していたということも十分に考えられるけど、それにしては厳重だよね？　もしかして、トラップボックスの中に、何か入っているのかな。

「ねえ、トラちゃんは何ができるのかな？」

『物をたくさん収納することができます』

「なるほど、マジックボックスの代わりってわけね」

「マジックボックス？」

「あー、こっちの話です。それじゃ、トラちゃんの中には何か物が入っているのかな？」

『たくさん物が入ってます！』

パカパカと元気よく答えた。んー、なんだか判断に困るような物が入っている可能性があるな。

厄介事の香りがプンプンするぞ。でも確かめてみたい気もする。

ギリアムお兄様はすでに期待しているのか、その目が怪しく輝いていた。あ、レナードお兄様も。

「どうします？」

「そうだな、試しにトラップボックスの中に入っている一番いい剣を出してもらおう」

「分かりました」

レナードお兄様の反応が早かった。そういえばレナードお兄様の趣味は剣の蒐集だったな。これでもし、トラちゃんの中から歴史的価値のある剣が出てきたら、間違いなく大喜びすることだろう。

そしてどうやらギリアムお兄様は、出してもらいたい物が多すぎて出遅れたようである。今にもハンカチをかみそうな勢いで悔しがっていた。

「トラちゃん、一番いい剣を出してもらえないかな？」

『分かりました！』

パカパカとフタを開け閉めするトラちゃん。その様子はなんだか捜し物をしているようだった。

時間がかかっているところを見ると、どうやらトラちゃんの中にはとんでもない数の物が詰まっているみたいだな。

『どうぞ！』

宝箱の中から、一本の古めかしい剣が飛び出してきた。しかしよく見ると、古めかしいながらも、至高の一品であることが分かる。鞘（さや）の部分には細かい文字や、幾何学模様の装飾が施されており、剣の柄はなんだか見覚えのあるような、厳かな雰囲気のある造りをしている。

ん？　なんだか見覚えがある？　思い出した！　図鑑で見たことがあるぞ。確か、いにしえに存在したと言われている、伝説の武器一覧が載っている図鑑に描かれていたはずだ。柄の造りがまったく同じだ。確かあれは……。

「ひょっとして、聖剣エクスカリバーかい!?」

「まさか、聖剣エクスカリバーか!?」

「そう、それ！」

俺よりも先に、ギリアムお兄様とレナードお兄様が同時に声をあげた。レナードお兄様の声は悲鳴のような声、いや、歓喜の声なのか？　悲鳴と歓喜が絶妙に混じった、ものすごく表現しづらい声だったな。

震えるレナードお兄様が、震える手で剣を手に取った。その隣にはいつの間に近づいたのか、ギリアムお兄様の姿があった。恐ろしく速い動き。あんな動き、できたんだ。

レナードお兄様はその剣を穴があきそうなほど見つめ、匂いを確認し、ほおずりをしていた。へ、変態だー！

「ラギオス、カイエン、ベアード、トラちゃん、見てはいけません」

そう言ってから、ラギオスとカイエンの目を手で覆った。ベアードは自分の両手で目を覆っている。トラちゃんのフタはぴっちりと閉まっている。これでレナードお兄様の尊厳は守られたぞ。

恐る恐るレナードお兄様が聖剣を抜いた。ほのかに光り輝く、とても美しい剣だった。とてもいにしえの時代から存在しているとは思えないほどに美しい。

「この輝き……間違いない。間違いなく聖剣エクスカリバーだよ！」

興奮気味にギリアムお兄様が叫んでいる。学者にとってても垂ぜんの逸品だったようだ。

レナードお兄様はその刀身を見つめてウットリとしているな。さっきから無言である。どうやら言葉にならないようだ。あ、またほおずりしている。ケガしても知らないからね。

「ルーファス、これ、もらってもいいか？」

「ちょっとレナード！」

聞き捨てならないとばかりにギリアムお兄様がレナードお兄様に詰め寄った。だがレナードお兄様はギリアムお兄様に聖剣を渡すつもりはないらしく、両手で抱え込んでいる。

ああ、なんだかだんだんレナードお兄様のかっこいいイメージが崩れていく。ケンカをやめて、二人を止めて。これはもう、聖剣エクスカリバーをレナードお兄様に持っていってもらった方がいいだろう。その方が、ギリアムお兄様もあきらめがつくはずだ。

「ど、どうぞ。私は剣が扱えないので、持っていても宝の持ち腐れになってしまいますからね」

「ありがとう、ルーファス。さすがは俺の愛する弟だ。トラちゃんもありがとう」

『どういたしまして』

これにはトラちゃんも引いているようである。「返して」とは言わなかった。聖剣にほおずりする人なんて、レナードお兄様くらいじゃないかな？

レナードお兄様の新たなヤバめな一面を確認した俺たちは、トラちゃんを加え、地下室をあとにすることにした。なお、ギリアムお兄様は終始何やらブツブツ言っていた。あとが怖い。

今回の探検で城の地下に何があるのかは十分に分かった。これでまた一つ、王城七不思議の一つが解明されたぞ。まあ、お城にある不思議は七つどころではないんだけどね。

「ギリアムお兄様、レナードお兄様、お城の探検におつき合いいただき、ありがとうございました」

「お礼なんていらないさ。兄として、当然のことをしたまでだからな。一応言っておくけど、地下室に宝物庫があるのは内緒だぞ」

「分かりました。内緒にしておきます」

「お礼……レナードだけもらって……ずるい……」

ダメだこりゃ。

召喚ギルドへ戻ると、すぐにセルブスとララに新しい仲間を紹介した。まさか動く宝箱を連れて帰ってくるとは思っていなかったらしく、二人とも目を大きく見開いている。

「トラップボックスですか。いやはや、さすがはルーファス王子ですね」

感慨深そうにセルブスがそう言い、ララはさっそくトラップボックスをスケッチしていた。どうやらスケッチが趣味になりつつあるようだ。そしてスケッチするララの隣にはバードンの姿が。どうやらララもバードンを呼び出せるようになったみたいだ。

「ララ、バードンを呼び出せるようなったんだね」

「はい！　ギルド長の教えのおかげで、私もバードンを呼び出せるようになりました。今はファイヤーバードを練習中です」

はじけるような笑顔。とってもうれしそうである。俺もうれしい。

そのままセルブスとララにトラちゃんがどんな能力を持っているのかを説明していると、扉の外が騒がしくなってきた。なんだろう、つい最近も同じようなことがあった気がする。

何事かと俺たちが扉の方を見ると同時に、扉がバーンと開かれた。部屋の中に入ってきたのはお父様と申し訳なさそうな顔をしたレナードお兄様だ。

……やっぱり聖剣エクスカリバーを持って帰ったのはダメだったみたいですね。でも俺が言い出したわけじゃないから、俺はセーフだと思うんだけど。

アウトだったのはレナードお兄様ですよね？　降りかかる火の粉は自分でなんとかしなさい。こっちにまで飛ばしてくるんじゃありません。

「ル～ファ～ス」

「な、なんでしょうか？」

お父様が出してはならないような声を出した。そのまるで地をはうような声は、俺の背中をゾクリとさせるのに十分だった。

それを敏感に察知した俺のモフモフたちが、シュバババッと俺と国王陛下の間に立ちはだかった。やだ、みんな頼もしい。

というかさ、みんなすでに戦闘モードだよね？　ベアードは爪が飛び出しているし、トラちゃんは……開閉部分にトゲトゲの歯がたくさん出てるんだけど。ピーちゃんとおチュンも羽を広げて威嚇の態勢だ。

「おおう、待ってくれルーファアス。別にルーファアスを怒りにきたわけじゃないんだ。ちょっとお話がしたいと思ってね？　だからルーファアス、皆を止めるように。な？」

完全勝利。お父様の出鼻をくじいたぞ。さすがは俺の仲間たち。すごいぞ、かっこいいぞ！

そんな仲間たちをなんとかなだめるが、警戒はしているようである。みんな俺のそばから離れなかった。

何このモフモフハーレム。最高なんだけど。

ソファーにお父様とレナードお兄様、そして俺が座る。セルブスたちはさすがに座ることができないようで、イスはあまっているのに立ったままだった。しかも壁の近くに。

花にでもなっているつもりなのかな？　置いてかないで。俺を一人にしないで。俺も壁の花になれたらよかったのに。

スウ、ハァと深呼吸したお父様が眉間のシワをほぐしている。どうやら荒ぶる心を静めようと頑張っているみたいである。それもそうか。今一番、身の危険を感じているだろうからね。ラギオスもいつの間にかベアードくらいの大きさになってるしさ。さすがに迫力があるな。

そんな中で、お父様が笑顔を作った。あの笑顔は作り笑いだな。俺には分かる、分かるッス。

「ルーファス、先ほどレナードから聞いたのだが、今、レナードが持っている剣を、その箱の中から取り出したそうだな？」

「はい、そうです。こちらはトラップボックスのトラちゃんです。どうやらその昔、私と同じく召喚スキルを持ったご先祖様がいたようなのですよ。トラちゃんはその方が残した魔法生物のようですね」

「ルーファスと同じく召喚スキルを持った人物か。あとで調べてみるとしよう。それで、他にも似たような武器を持っているのかな？」

お父様がさらにほほ笑みを深くした。どうやら聞きたかったことの本命はこちらのようである。

そういえば確かにそうだな。あのときは「一番いい剣を出してくれ」と頼んだだけで、他にどのような物がトラちゃんの中に入っているのか、までは詳しく聞いていなかった。

「どうなのでしょうか？　トラちゃん、他にもすごい武器が入っていたりするの？」

『すごい武器、とはどのようなものでしょうか？』

まるで首をかしげるかのように箱を傾けたトラちゃん。なんだか人間味があふれていて親近感を覚えるな。そんなトラちゃんの仕草にほっこりしながら、どうやらトラちゃんは中に入っている物の希少性をあまり知らないようだと見当をつけた。

どうしよう。伝説の武器の名前を一つずつ、あげてみるか？

「えっと、それじゃ、魔剣デュランダルはある？」

『ありますね』

「聖槍（せいそう）グングニルは？」

『ありますね』

「魔槍（まそう）ロンギヌスは？」

『ありますね』

「なんでもあるじゃん！」

思わずトラちゃんにツッコミを入れてしまった。ハッとしてお父様を見ると、見事に頭を抱えていた。「どうしてこうなった」と今にも言いたそうである。そしてその隣ではレナードお兄様が目をランランと輝かせて俺の方を見ていた。

懲りてないよね、レナードお兄様？　レナードお兄様のおかげでお父様が追い詰められているんだけど、そこのところ分かっているのかな？　分かっていないんだろうな。

レナードお兄様は決して脳筋タイプではないけど、剣が関わってくると、急に残念な感じになるよね。さっき初めて気がついたけど。

「ルーファス、トラちゃん殿の中に入っている物の一覧を紙に書き出してもらうことはできるだろうか？」

「えっと、それは……トラちゃん、どのくらいの数の物が入っているの？」

『たくさんです！』

「なるほど。国王陛下、無理です！」

早々にあきらめた俺はイイ笑顔でそう言った。だって、どのくらい入っているのか分からないんだよ？　ゴールの見えないマラソンほど過酷なものはないぞ。下手すれば、一ヶ月とかかかるかもしれないんだから。

「どうしてそう簡単にあきらめるんだ。ハァ……それならば、これからあるか調べてほしい物の一覧を書いた目録をギリアムとレナードに作らせる。それを元に、トラちゃん殿の中に入っているかどうかを調べてくれ。それくらいはできるよな？」

「え、私もですか⁉」

「レナード」

「はい。分かりました」

この時点でレナードお兄様の敗北が決まった。剣聖スキルを持っていても、越えられない壁があったようだ。それがお父様だ。そしてたぶん、お母様も越えられないと思う。俺も越えられそうな気がしないからね。

「分かりました。その条件でなら、お引き受けいたします」

ここは引き受ける一択だな。ここでごねると、お父様がお母様を召喚してくるかもしれない。それだけは全力で回避しなければならない。

話は決まった。お父様はレナードお兄様を連れて部屋から去っていった。

レナードお兄様はこれからお父様に説教されるんだろうな。いや、もうすでにされているのかもしれない。ここからは第二ラウンドというわけだ。頑張れ、レナードお兄様。自業自得だぞ。

これでようやく静かになったぞ。さすがに疲れたから、ラギオスをたくさん吸っておこう。そう思っていたのだが、再び扉がノックされた。だれだ、俺のラギオス吸いを妨げるやつは。

バルトが確認し、扉を開ける。召喚ギルドへ入ってきたのはギリアムお兄様だった。

何その満面の笑み。ギリアムお兄様はお父様から命令されて、トラちゃんの中身を調べるためのリストを作成しているはずだよね？

「ル～ファ～ス！」

「ちょ、ギリアムお兄様、やめて！」

ギリアムお兄様が俺とラギオスを抱きしめて、チュッチュしてきた。やめて、本当にやめて。残念なギリアムお兄様になってるから！　ほら、ララが若干引き気味になってるじゃないか。

「聞いたよ。どうやら伝説の武器だけじゃなくて、他にもたくさん入っているんだって？　その中には古代の遺物も含まれているんじゃないかな？　気になるよ、とっても気になるよ！」

「ソウデスカ」

どうやら学者魂に火がついたようである。学者って、古代遺跡とか、そこから発掘された出土品とか好きそうだもんね。お父様から話を聞いて、自分を抑えきれなくなったのだろう。

大丈夫か、この国の将来。ギリアムお兄様が次期国王なんだよね？　レナードお兄様は無理だよ？

そして俺も無理である。これはまさか、詰んでる？

「国王陛下からは目録を作るようにと頼まれたけど、私が直接、聞いた方が早いよね？　ね！」

「ソウデスネ」

アカン。完全に残念なギリアムお兄様になっている。殴ったら正気に戻るかな？　でもさすがにそれはまずいだろう。そうなると、お母様を召喚するしかないわけで。

俺はそれとなくバルトに視線を送った。バルトがうなずいた。頼んだぞ、バルト。キミに託した。

「さっそく中身を調べたいところだけど、その前に、召喚スキルを持っていたご先祖様の話をしよう」

「知っているのですか、ギリアムお兄様！」

「ああ、もちろんだよ。あれは確か、千二百年ほど前の話になるな」

「千二百年!?　トラちゃんってそんなに昔から、ずっとあの場所に一人でいたの？」

なんてことだ。そんなに長い時間、一人で過ごしていただなんて。よく精神崩壊を起こさなかったな。俺はそんなトラちゃんを抱きしめた。

『えっと、扉が開かれるまで寝ていたので、そんなに時間が経過していたのかと驚きです。どうりでお城の様子がガラリと変わっているわけですね』

カクッと転びそうになったのをなんとかこらえた。トラちゃんが寂しい思いをしていなかったようなのでヨシ！　とりあえず、トラちゃんもなでておこう。ついでに吸っておこう。

む、木の香りがするな。これはこれで癒やされそうだ。

俺がトラちゃんをスーハーしてると、ギリアムお兄様が残念なものを見るような目で俺を見ていた。何その顔。その顔、俺がギリアムお兄様に向ける顔だからね。

「続きを話してもいいかな？」

「どうぞ」

「えっと、ルーファスは千二百年くらい前に何があったか知っているよね？」

千二百年前に何があったのか。ギリアムお兄様と違い、歴史マニアではない俺が知っているはずがないと思う。だが、あえてギリアムお兄様が質問してきたのだから、歴史の授業で学ぶ範囲なのだろう。それはすなわち、だれでも知っているようなできごとが起こったということだ。

「確か、神魔大戦が終結したのがそのくらいの時期ではなかったでしょうか？」

「その通り！　さすがはルーファスだね。よく勉強している」

よかった。合ってた。確かそれ以前の世界では、神と魔族が争っていたんだよね。でも千二百年ほど前に、双方が相打ちのような形になり、神も魔族も地上から消えた。

どうしてそうなったかと言うと、劣勢だった神が人間に、神が鍛えし武器を与えて味方につけたからである。神が敗れたのち、残された人間がその武器を使って魔族を退治したのだ。

「トラちゃんを召喚したご先祖様はそんな時代の人だったのですね。荒れた国土の復興とか、大変だったのでしょうね」

「そうみたいだね。その時代のことは記録としてしっかりと残っているよ。それで、その召喚スキルを持っていた人物の名前はルーウェン。第五王子で放浪癖があったみたいだよ」

その時代の記録が現代にも残っているとは驚きだな。俺も一度くらいは歴代国王の記録を読んでおいた方がいいのかもしれない。でも千二百年分の記録になると、間違いなく膨大な量になるよね？もしかしなくても、ギリアムお兄様はそれを全部、読んだのだろう。恐るべし歴史マニア。

「それでは、その放浪していたときに伝説の武器を集めたということになりますね」

「私もルーファスと同じ意見だよ。ただ、各地に散らばった伝説の武器をなぜ集めようとしたのか、どうやって見つけ出したのか、さらにはどうやって手に入れたのかが、一切、分からないんだ。もちろんお金は使っただろうけど、あの時代に大金を使う余裕はなかったはずなんだよね」

ギリアムお兄様が腕を組んで考え込んでいる。俺と同じ結論にはなったけど、どうやってそれを成し遂げることができたのか、理解できないようだった。その一方で、俺は召喚スキルをうまく使えば、それも可能だと思っていた。

「うーん、見つけるだけなら、そういった能力を持った魔法生物を呼び出せばいいので、なんとかなると思いますよ。どうやって手に入れたのかは……これも盗みが得意な魔法生物を呼び出せばなんとかなるかもしれません」

伝説の武器を探すなら、お宝レーダーのような探知能力を持つ魔法生物を呼べばいいし、盗みなら、怪盗ル〇ンのような能力を持った魔法生物を呼び出せばいい。うん、俺にもできそうだぞ。

「ルーファス……もしかして、再現できたりしないよね？」

ギリアムお兄様がご令嬢に囲まれたときに見せる作り笑いを浮かべた。俺じゃなきゃ見逃してたね。危ない、危ない。君子危うきに近寄らず、だな。俺は何も思いついていないことにしよう。

「もちろん私には無理ですよ。ご先祖様はすごいなー、憧れちゃうなー」

俺の反応をいぶかしむギリアムお兄様。だが実際に俺が召喚しなければ証拠は得られない。これはますます、召喚できないぞ。少なくとも、ギリアムお兄様の前ではやめておいた方がよさそうだ。

それにしても、そんな能力を思いつき、かつ、実現するのはこの世界の住人では無理なような気がする。ノーヒントでレーダーを思いつくとかあり得ない。

人や魔物の気配を察知する人はいるみたいだけど、自分の近くに限った話だと聞いている。そうなると、もしかしたら、ご先祖様は俺と同じ転生者だった可能性があるのではないだろうか。

もしそうなら、創造神にも会っているはず。伝説の武器を集めたのは創造神から頼まれたのかもしれないな。役目を終えた武器を回収してくれってね。うん、これならつじつまが合うな。

「ねえ、トラちゃんの前のマスターはどんな人だったの？」

『えっと、型破りな人だったみたいですよ？　召喚スキルを使ってメイド服を着たアンドロイドを召喚して、お姉様に怒られていました。非常識だって。他にはお城に帰るのが面倒くさいからといって、動く城を召喚してました。あ、ロボットに変形するんですよ、そのお城』

「な、なるほど～。変わった人だったんだね」

これはもう転生者確定だな。この世界に住む住人が、そんな発想できるはずがない。メイド服を着たアンドロイドって何よ。

召喚スキルってそんなこともできるの!?

「……ルーファスは今の話が分かるのかい？　私にはサッパリ分からないのだけど」

「いえ、私にも分かりませんよ。でも、怒られるほどの魔法生物を召喚していることだけは分かりました」

許せ、ギリアムお兄様。ウソついてごめん。今の段階で俺に前世の記憶があることを話すのは避けたいのだ。もう少し心のゆとりができてから、その話はじっくりしたいと思っている。

「ルーファスはまねしないようにね」

「も、もちろんですよ！」

ニッコリと笑うギリアムお兄様。すでにラギオスというとんでもない魔法生物を召喚しているのだが、どうやらそれについては見逃してくれているようである。ありがたや。

他のみんなは大丈夫だと思う。きっと。

「頼んだよ、ルーファス。それで、トラちゃんの中に入っている物は、その年代以前の物だと推測しているよ。当時の物は今ではものすごく貴重で、どれも価値のある物になっているからね。どんな物が入っているのか、とても楽しみだよ」

今度は曇り一つない、実にイイ笑顔を浮かべるギリアムお兄様。どうやら本当の戦いはここからになるようである。

昼食の時間までには終わるかな？　なんだか終わらなそうな気がするんだけど。もしかして、今日は昼食、抜きですか？　そんなバカな。

ギリアムお兄様が提示した名前の物をトラちゃんに確認して、あればそれを取り出すという作業を繰り返す。

その結果、分かってきたことがあった。その当時、貴重であった物はなんでも入っている。どうやって手に入れたのだろうか。

王族とはいえ、放浪癖のある人物がこれだけの貴重品を手に入れるだけのお金を持っていたとは思えない。もしかしてその当時、〝怪盗ルーウェン〟とか名乗っていなかったよね？

「まさか、完全な形の物が現存していただなんて。これは間違いなくムクベの壺(つぼ)だ！」

俺がせっせとトラちゃんの中から物を出していると、ギリアムお兄様の悲鳴があがった。どうやらスーパースペシャルレアな一品を取り出してしまったようである。あ、ギリアムお兄様がほおずりしているな。レナードお兄様も似たようなことをしていたぞ。

「ルーファス、これ、もらってもいいかな？」

「いいんじゃないですか？　あと十個くらい入ってるみたいですから」

「十個も！　それならルーファス、あと一つ、いや、あと二つくらい……」

そう言いながらギリアムお兄様が俺の頭をなで始めた。セットが乱れるからやめて！

だがしかし、どうやらその壺は考古学的にも大変貴重な品であったようで、ギリアムお兄様の動きは止まらなかった。だれか止めてくれ。

「ギリアム、ずいぶんと騒々しいわね」

ギリアムお兄様の後ろから声がかかった。その途端、ギリアムお兄様の動きがピタリと止まった。

それはまるで、メデューサににらまれてギリシャ彫刻になったかのようである。

お母様だ。これぞ天の助け。

「お母様！」

「もう大丈夫よ、ルーファス。お母様が来たわ」

思わず歓喜の声をあげると、お母様がこちらを見てニッコリとほほ笑んだ。

よかった。これで昼食抜きは避けられたぞ。よくやった、バルト。あとでご褒美をあげないといけないな。

魔剣デュランダルとかどうかな。それを渡すとやっぱりお父様に怒られちゃう？

お母様の登場によって沈黙したギリアムお兄様を連れて、王族専用のプライベートサロンへとやってきた。

このサロンは王城にあるいくつものサロンの中でも、比較的、装飾品がおとなしめに配されている場所である。

アメ色の縦長のテーブルに、同じくセットのイス。置かれているソファーは落ち着いた色合いをしており、ゆったりと座ることができる。窓からは明るい光が降り注ぎ、中庭に咲く花が風に揺れているのが見えた。

個人的にはお気入りのサロンの一つである。肩肘張る必要がないからね。

どうやら今日の昼食はこの部屋で食べるみたいだ。料理人たちが次々と料理をテーブルへと並べている。俺がソファーでラギオスたちと戯れている間に、お母様とギリアムお兄様が先にテーブルがある席へ座った。

「ギリアム、あなたが骨董品(こっとうひん)をこよなく愛していることはよく知っているわ。でもそれは、自分の部屋の中だけにしておきなさい。そう何度も言ったでしょう?」

「しかし母上、ムクベの壺ですよ？　それがどれだけ……」

「ギリアム」

「申し訳ございませんでした」

ギロリとお母様がギリアムお兄様をにらんだ。おお怖い。秒でギリアムお兄様に完全勝利するお母様。さすがやで。敵にだけは絶対に回したくないな。

俺も席についたところで、レナードお兄様がサロンへと入ってきた。どうやらレナードお兄様もお母様に呼ばれていたみたいだ。

「お兄様も一緒だったのですね。急に母上から呼び出されたので何かあったのかと……何かあったのですか？」

「やあ、レナード。レナードもほどほどにしておいた方がいいよ」

「は、はぁ……」

困惑するレナードお兄様。確かにレナードお兄様は〝第二のギリアムお兄様〟になりかねないからね。レナードお兄様の前に伝説の武器を並べた暁には、きっと狂喜乱舞することだろう。

「ルーファス、聞くところによるとトラちゃんの中に色々な物が入っているみたいね？」

「はい。神話時代の遺物が多数、入っています。今、ギリアムお兄様の力を借りて調べていますが、先ほどのような状態でして……」

「ギリアム、国王陛下に言われた通り、目録だけを提出しなさい」

「そんな！　……分かりました」

反論を試みたギリアムお兄様だったが、お母様にひとにらみされて即座に撃沈。あまりにも速い撃沈。俺じゃなきゃ見逃してたね。

でもそうでもしないと、ギリアムお兄様は自分の仕事そっちのけでトラちゃんの中身を調べるだろうからなー。それにつき合わされる俺も、徹夜で作業することになりかねない。

「それからレナード、あなたも目録だけをルーファスに渡すように」

「そんな！　……分かりました」

反論を試みたレナードお兄様だったが、お母様にひとにらみされて即座に撃沈。あまりにも速い撃沈。俺じゃなきゃ見逃してたね。

ん？　なんだろう、この既視感。つい先ほど、同じことを体験したような気がするぞ。

どうやらお母様はこうなることを予見してレナードお兄様をここへ呼んだようである。さすがはお母様。分かってる。

「お母様、トラちゃんの中に入っている物はどうしたらいいのでしょうか？」

「まだなんとも言えないわね。中の物が分かり次第、国王陛下からなんらかのお達しがあると思うわ。それまでは中から出さないようにしてちょうだい」

「分かりました」

「そんな！」

「そんな！」

悲鳴をあげる二人の兄。そんな兄二人にお母様が非情な宣告を突きつけた。現実は実に残酷である。

「そういうわけだから、先ほどのムクベの壺も、聖剣エクスカリバーも、トラちゃんの中にしまっておくように」

涙目になる兄二人。どうしよう。いつもの頼れる兄たちが、なんだかダメダメに見えてきた。だがここで俺が二人をかばうと、俺にまで火の粉が飛んでくることになる。ここは沈黙を貫くべきだな。

すまねぇ、お兄様たち。力になれなくて、本当にすまねぇ。

悲しみに包まれた昼食はそのまま静かに終わりを告げた。もちろん終わり際に、レナードお兄様が持っていた聖剣エクスカリバーを回収した。レナードお兄様の震える手がとても印象的だった。

そこまでか。

午後からは勉強の時間である。ちょうどいい機会だったので、先ほどギリアムお兄様が欲しがっていた、ムクベの壺のことを聞いてみた。

どうやらあの壺は千二百年前の〝超古代文明時代〟と呼ばれるころに作られたものだそうである。そしてその時代には〝魔道具〟と呼ばれる、俺の知識の中で言うところの便利家電が当たり前のように存在していたらしい。

気になった俺は、授業を終えて部屋に戻ると、すぐにトラちゃんを呼び出した。

「ルーファス・エラドリアの名において命じる。顕現せよ、トラちゃん！」

『お呼びでしょうか？』

「ちょっと中身を見せてもらいたくてね。ねえ、トラちゃんの中に、風を発生させられる魔道具が入ってないかな？」

『ええと、ありますね。これです』

そう言ってトラちゃんの口から四角い箱が出てきた。丸い穴があいた、白い箱である。素材は……まるでプラスチックだな。これはすごい。スイッチらしきものを押すと、風がブオオオンと吹き出てきた。

「これ箱形の扇風機じゃん。首振り機能はないみたいだけど」

『これは送風箱という魔道具ですね』

「どうやって動いているの？」

『そこまでは分かりませんね』

それもそうか。トラちゃんはトラップボックスであって、技術者ではないのだ。それでは中身を分解してみないと分からないわけか。特に電源は必要ないみたいだし、おそらく中に電池的な何かが入っているはずである。

試しに一つ分解してみると、エメラルドのようなものが入っていた。これが電池の代わりなのかな？　中の構造は複雑すぎて、見ても全然分からない。これは復元するのは無理そうだな。

「それだけ文明が進んでいたとなると、大量破壊兵器とかも存在してそうだよね」

『大量破壊兵器ですか？　えっと、ありますね』

「出さないでね。……トラちゃん、それ、全部処分することはできる？」

『できますけど……おそらく前のマスターは何かの役に立つかもしれないと思って入れているはずです。それを処分するだなんてとんでもない』

「何かの役に？」

そんなものが役に立つときがあるのかな？　敵国を滅ぼすときにならなら使えるのかもしれないけど、それを使ったら、汚染された土地が残るだけだったりするんじゃないの？　絶対、使わないぞ。

……いや、待てよ。確かその時代は神と魔族が戦っていたんだったな。そして人間は神の陣営についた。そうなると、当時、敵だった魔族を倒すために、その大量破壊兵器が作られたはずである。

今のところ、この世界に魔族がいるという話を聞いたことはない。だがこの先もそれが保証されるかと言われれば、ノーだろう。もしかしてご先祖様は、これを見越してトラちゃんの中に大量破壊兵器を入れていた可能性がわずかながらあるのか？

「トラちゃん、さっきの処分の話は保留ね」

『分かりました』

「ラギオス、魔族ってまだこの世界に存在するのかな？」

『どうでしょうか？　でもまあ、仮に存在していたとしても、私にかかればチョチョイのチョイですけどね』

「そうだった。俺にはラギオスがいるから安心だったね」

こちらには魔族もはだしで逃げ出す、動く大量破壊兵器がいるんだった。

ラギオスの真の実力を見せてもらったわけではない。だが、創造神と深いつながりがありそうなところを考慮すると、見せてもらわなくてもヤバイことは分かる。

ラギオスの全力を見せてほしいな、なんて無邪気なお願いをした日には、国一つ、島一つが地上から消えることになるだろう。おお怖い。

『主、何か失礼なことを考えていませんか？　まるで私が無差別になんでも破壊するデストロイヤーみたいだとか』

「ソ、ソンナコトナイヨー。ラギオスはいつも、そのままのかわいいラギオスでいてね」

ラギオスを怒らせてはいけない。ルーファス、理解した。頼もしいんだけどさ、限度があるよね？

パンドラの箱

翌日、朝食をすませ朝の鍛錬を終えるとその足で召喚ギルドへと向かった。部屋の中ではセルブスが何やら書き物をしており、ララはマーモットとバードンを同時に召喚して、思い通りに動かす練習をしているようだった。バードンを無事に召喚できるようになって、うれしそうだな、ララ。

だが、マーモットが動けばバードンの動きが止まり、バードンが動けばマーモットの動きが止まっていた。

……もしかして、魔法生物を同時に動かすのは難しいことだったりするのかな？

俺の場合はオートでみんなが動くから、そんなこと気にしたことがなかったんだけど。

どうやら俺の召喚方法と、他の人の召喚方法では大きな違いがあるようだ。これは今後の課題になりそうだぞ。

「おはよう、みんな」

「おはようございます、ルーファス王子」

「おはようございます、ギルド長」

「今日の二人の予定はどうなっているのかな？」

話によると、セルブスは今日中に図鑑の草案を完成させるつもりのようだ。そしてララは新しい魔法生物の召喚を練習するつもりのようである。

それなら俺はベアードを出して、セルブスの仕事を手伝うことにしよう。ララにはおチュンのスケッチをしてもらおうかな？　新しい魔法生物を召喚できるようになるのも、ギルド員としての大事な仕事だ。

そうして三人で召喚ギルドの仕事を進めていると、ギルドの扉がノックされた。バルトが扉を開けると、そこから入ってきたのはレナードお兄様だった。

「ルーファス、国王陛下から頼まれていた〝調べたい武器一覧〟を作ってきたよ」

そう言って、机の上にドンと紙の束が置かれた。武器だけでこれだけあるの!?　まさか、古今東西の武器名を全部書いたんじゃないよね？　お父様は重要そうな物だけだと言ってたと思うんだけど。

「武器ってそんなに種類があるのですか？」

「それはそうだよ。剣や槍(やり)だけじゃなくて、城攻め用の攻城兵器や、逆に城を守るための防衛兵器なんかも含まれているからね」

これは思った以上に大変だぞ。レナードお兄様は剣にしか興味がないのかと思っていたけど、どうやら武器マニア、兵器マニアだったようである。

「ん？　この一枚目にある一覧はもしかして」

「やはり気がついたか。それは伝説の武器一覧だよ。ルーファスも気になるよね？」

「そ、そうですね」

とりあえず、この伝説の武器一覧だけは今すぐに調べることにするか。トラちゃんを召喚して上から順番に調べていく。うげげ！　一枚目は全部あるのか。

「ルーファス、どうだった？」

ニコニコと笑顔を浮かべているレナードお兄様。答えたくないけど、そうさせてもらえないような満面の笑みである。これは覚悟を決めて言うしかないな。お父様、お母様、役立たずの三男坊をお許し下さい。

「えっと、一枚目の武器は全部ありますね」

「全部!?　ルーファス、それを見せてもらうことはできないかな？」

「国王陛下とお母様の許可があればお見せすることができますよ？」

「ジーザス！」

両手で頭を抱えながら天を見上げた。そんなレナードお兄様を残念な人を見るような目で見つめるバルトとレイ。そういうところだぞ、レナードお兄様の残念なところは。

俺の無情の宣言に、ガックリと肩を落としながらも一枚目の紙を受け取ったレナードお兄様。そのままトボトボと部屋から出ていった。哀愁が漂っているなー。

でもレナードお兄様、その紙を持ってお父様のところに行くつもりなんでしょう？　この程度のことであきらめるようなレナードお兄様ではないはずだ。どうなっても知らないからね。

邪魔者がいなくなったところで、目録の確認を再開する。ちょっと調べた感じでは、ほとんどの物がトラちゃんの中に入っているな。これはもう、「ほとんどあります」ですませていいと思う。お父様も実物を出して確認しろとは言わないだろう。


そろそろ昼食の時間かなと思ったところで、お父様から昼食のお誘いが俺のもとへと届いた。珍しいな。いつもは忙しいからといって執務室で食べるのに。

「ルーファス様、どうなさいますか?」

「もちろん行くよ。きっとこれの話だよ」

バルトにそう返事をしながら、レナードお兄様が持ってきた目録の束を指差した。無言でうなずくバルトとレイ。二人も分かっているのだろう。俺が拒否したら、なだめて連れていくつもりだったはずである。

「それがよろしいかと思います」

「レナードお兄様、しかられたかな?」

「可能性はあるかと……」

俺の質問に苦笑いするバルト。レナードお兄様がどのくらい粘ったかは分からないが、最終的には怒られたのではないかと思っている。これは夜に俺の部屋へコッソリとくるかもしれないな。

どうか俺の部屋でレナードお兄様が変な叫び声をあげませんように。

もし俺がレナードお兄様に伝説の武器を見せていることがバレたら、二人で説教されることになるだろう。俺、そんなの嫌だからね。

お父様を待たせるわけにはいかないので、セルブスとララに断りを入れてから、指定されたサロンへと向かった。念のため、みんなを連れていく。

「……ルーファス様、魔法生物は還(かえ)しておいた方がよろしいのではないでしょうか」

「なんで？」

「いえ、ほら、目立ってますよ？」

バルトが申し訳なさそうにそう言った。周囲を見てみると、なんだかチラチラとこちらの様子をうかがう人たちの姿があった。

召喚ギルドは奥まった場所にあるので、人通りはそれほどでもない。だが先に進むに連れて、もっと目立つことになるだろう。

「うーん、俺の生命線なんだけど。そうだ、みんな、小さくなってよ」

そう言うと、ラギオスは子犬のサイズに、他のみんなは手のひらサイズになった。これなら懐に入れて連れていくことができるぞ。ちょっと胸元がパンパンになるけど、この状態でラギオスを抱けば完璧である。

だれがどう見ても、モフモフを抱えた、かわいらしい王子にしか見えない。

「これならどう？」

「それならなんとか……」

なんとかバルトから及第点をもらえたようである。そのままの状態で、俺はサロンへと向かった。もちろん途中で何度かラギオスを吸っておいた。

フォー！　生き返るー！　それにこのモフモフ、最高ー！

サロンに到着すると、何やら真剣な顔で書き物をするレナードお兄様の姿があった。どうやらサロンに入ってきた俺たちにも気がついていないようである。

剣聖スキルを持つレナードお兄様が俺たちの存在に気がつかないなんて。一体、何をそんなに一心不乱に書いているのか。

ソッとのぞいてみると、どうやら反省文を書いているようだった。それも同じ内容のことを何度も何度も。

この世の地獄かよ。

どうやら予想通り、レナードお兄様はお父様に怒られたようである。そしてこの書き取りである。

俺よりも十歳も年上の兄が書き取りをしている姿など、見とうなかったぞ。

そんなわけで、俺はお父様がくるまでの間、心を無にして何も見なかったことにした。

これは悪い夢だ。決して目を覚ましてはいけない。

『主（あるじ）、兄上様は一体何をなさっているのですか？』

「シッ！　ラギオス、見ちゃいけません」

レナードお兄様のためにも秘密にしておこうと思う。

そんなやり取りをしているとお父様がサロンへとやってきた。それにも気づかず書き取りを続けるレナードお兄様。その様子を見て、お父様がうなずいている。

どうやら合格点をもらえたようである。

……もしかして毎回こうやって書き取りをさせていたのかな？　俺の知らない〝王家の深い闇〟を見たような気持ちだった。

お父様の到着と共に昼食が運ばれてくる。

「急に呼び出してすまなかったな、ルーファス」

「いえ、そのようなお気づかいは必要ありません。私もお父様に直接、報告した方がいいかと思っていましたので」

「そうか。色々入っていたんだな？」

「そうです」

ハア、と肩を大きく上げ下げして深いため息をついたお父様。もしかして俺も書き取りをさせられることになるのかな？

いやでも、俺がトラちゃんの中に集めたわけじゃないからね。書き取りをさせるなら、ご先祖のルーウェン様にやらせてほしい。

昼食が並び、ようやくレナードお兄様が書き取りから解放された。その顔はゲッソリと痩せこけており、レナードお兄様にとっては書き取りが罰として効果抜群であることを示していた。

レナードお兄様は脳筋じゃないと思っていたけど、もしかしたらそうなのかもしれないという疑惑が俺の中で風船のように膨れ上がる。

「ルーファス、レナードが作った目録を見せてもらえるか？」

「こちらです」

ちょっと行儀が悪いと思ったのだがお父様の命令だ。俺はレイに目配せして、持ってきていた目録の一部をお父様へ渡してもらった。

お父様も忙しいからね。食事の時間も惜しいのだろう。

それでも今は、ギリアムお兄様とレナードお兄様が執務の一部を代わりに受け持ってくれているので、昔に比べるとずいぶん楽になっていると、いつかお父様が話していたのを聞いたことがある。

「フム、どのくらい調べが進んでいる？」

「まだ最初の数枚だけですが、ほとんどあるみたいです」

「……そうか」

目をつぶり、アゴに手を置いたお父様。それに対して、レナードお兄様の目には輝きが戻りつつあった。懲りないレナードお兄様である。ここで歓喜の声でも出そうものなら、午後からも書き取りの時間になることだろう。今度こそ、真の地獄を見ることになるはずだ。

「まさかとは思うが、取り出してはいないな？」

「もちろんです。そんな危険なことはしていませんよ」

お父様の厳しい視線にちょっとビクッとなった。お父様って、間違いなく威圧感とか持ってるよね？　お父様が継承している鑑定スキルはそんなこともできるのか。それとも、後天的に身につけたものなのかな？

そんな風に思っていると、その視線を敏感に察知したラギオスたちがテーブルの上に躍り出た。

「おっと、ルーファス、別に怒っているわけじゃないぞ。念のため確認しただけだからな？　だからみんなにもそのように言い聞かせてくれ」

「みんな、今は食事中だから、あとでね」

「違うぞ、ルーファス。何度も言うが、そうじゃないからな？」

そう言ってお父様が頭(かぶり)を振った。どうやらお父様はずいぶんとお疲れのようである。これ以上、追い詰めるのはやめておこう。万が一、寝込まれたら困ることになる。そんなわけで、みんなにはテーブルの上から降りてもらった。

「お父様、レナードお兄様からの目録は午後からも調査しますか？」

「そうしてほしいところだが、さすがにこれをすべて調べるのはさすがに骨が折れるな。そうだな、一枚につき、いくつか気になったものだけを調べるように。それで判断することにしよう」

「分かりました」

そんなわけで、俺はその日の午後、ひたすらトラちゃんの中身を確認する作業を行った。なお、俺が気になったものを調べた限りでは、すべての物が入っていた。

たぶん目録に書いてあるもののほとんどが入っているんだろうなー。このままトラちゃんの中に封印しておきたいところである。

翌日、朝の鍛錬と朝食をすませ召喚ギルドへ向かうと、テーブルの上に山のような書類が置いてあった。いや、違うぞ、テーブルだけじゃない。床にも書類が置いてある！

「おはよう、セルブス、ララ。一応、聞くけど、この書類は何かな？」

「おはようございます。そちらの書類は先ほど第一王子殿下が持ってきた目録になります」

やっぱりね。多すぎだろ！　本に名前が残っているものを全部書いたんじゃないかと疑うほどの量である。

お父様はこのことを知らないだろうなー。どうしよう。報告するべきだろうか？

ちょっと気になったので、目録をいくつか確認する。これは古代人が使っていた服なのかな？　ずいぶんと細かく分けられている。名前からして、いかがわしいものも含まれているんだけど、分かってやってるのかな？

「マイクロビキニって、あっても出しちゃダメなやつだろ」

「どうかなさいましたか？」

「いや、なんでもないよ、ララ。ララは新しい魔法生物を呼び出せるようになったかな？」

「それが、まだ召喚できるようにはなっていないのですが……」

そう言ってから、ララがファイヤーバードを召喚しようとした。ララの体から、フワッと光があふれ出た。だが、それが形になることはなかった。もうちょっとみたいだな。

「よくやったよ、ララ。これならもうすぐ召喚できそうだね」

「はい！　頑張ります」

ララが両手の拳を握っている。それだけ気合いが入っているのなら、今日中にはファイヤーバードを呼び出せるようになりそうだね。

「セルブスはどうかな？　何か問題があったら、遠慮なく言ってね」

「召喚ギルドの仕事はつつがなく進んでおりますよ」

「それならよかった。セルブスも遠慮なく、新しい魔法生物の召喚を練習してよね。それも召喚ギルドの副ギルド長としての、大事な仕事だからね」

「承知いたしました」

セルブスが深々と頭を下げる。それに合わせてララも頭を下げた。うーん、俺としてはもっと気楽なギルドにしたいんだけど、さすがに難しいかな。でもこれからだ。これからお互いに信頼関係を築いていけば、この高い壁も少しは低くなってくれるはず。そう信じておこう。

それではまずは、この書類の山をなんとかしなければいけないな。

「バルト、国王陛下に、ギリアムお兄様から山のような目録が届いたことを伝えてきてくれないかな？　さすがにこの量を全部調べるのは無理だと思う。一度、現状を見にきて下さいってね。チラッと見にくるくらいならなんとかなるはず」

「承知いたしました。すぐに行って参ります」

よしよし、これでギリアムお兄様からの目録については大丈夫だろう。さすがに全部調べないわけにはいかないので、面白そうなものだけ調べることにしようかな。

なになに、ネクタル？　なんだこれ。あ、すぐ隣に効用が書いてあるな。さすがはギリアムお兄様。手抜かりがない。

「……復活剤とか、存在したらダメなやつだろう」

なんだか頭が痛くなってきたぞ。ギリアムお兄様はそんなものを手に入れてどうするつもりなのだろうか？

ちなみにこの世界に死者を生き返らせる魔法は存在しない。死んだら等しく終わりなのだ。王族や高位貴族、お金持ちだけがコンティニューするのは許されないだろう。

あってはならないネクタルだが、〝もしかしてトラちゃんの中に入っているのでは？〟というらぬ期待が頭をよぎってしまった。こうなると調べてみたくなってしまう。俺もギリアムお兄様のことは言えないな。

「ルーファス・エラドリアの名において命じる。顕現せよ、トラちゃん！」

『お呼びでしょうか？』

「今日も目録の確認を手伝ってほしい」

『もちろんです。……もしかして、それ全部ですか？』

さすがのトラちゃんもドン引きのようである。正直でよろしい。俺は無言でうなずいて、残りのみんなも呼び出した。

「トラちゃんの中にネクタルってある？」

『えっと、ありますね』

あったらまずいやつがあった。復活剤は現在の世界には存在しない。世紀の大発見である。この本物の復活剤を研究したいと思う人は大勢いることだろう。もちろんギリアムお兄様もその一人のはずだ。

これは外には出せないぞ。俺は目録の中にある〝ネクタル〟の項目にバツ印をつけた。

許せ。世界の平和を守るためだ。あと、ギリアムお兄様を守るためでもある。ネクタルなんて代物を見せれば、寝食を忘れて調べ上げることだろう。

その結果、ギリアムお兄様に訪れるのは破滅の未来。そんなフラグはここで俺がへし折っておかなければならない。俺は何も聞かなかった。

「ハァ。えっと、次だ、次。マッスルエナジー？　一年間、寝ずに働くことができる？　これもアウトー！　まともな魔法薬が書かれてない！」

『えっと、ありますね』

「出さなくていいからね？」

あるんかい。なんでも入ってるなー。これ以上は聞くのが怖い。そんなわけで、俺は目録の効果の項目を読んで、〝これなら出しても大丈夫そうだ〟と思うものだけを調べることにした。残りは全部バツにする。

許せ。俺がトラちゃんに尋ねなければ、それは存在しないことになるのだ。

「ヒィハァ、ヒィハァ……」

「ルーファス様、国王陛下は午後からこちらへ来られるとのことです」

「バルト……ありがとう……」

「ルーファス様！」

バルトの報告を聞くが、息も絶え絶えだ。それなのに、ギリアムお兄様から届けられた目録の山はほとんど減っていない。

その一方で、俺の精神力は大幅に削られていた。だって、世の中に出しちゃダメなやつばっかりなんだもん。そしてその出しちゃダメなやつの名前だけが俺の中に蓄積されていく。記憶力がいいのも考え物だな。

『主よ、そろそろ休憩にした方がよいのではないですか？』

「そうだね、そうしよう。ララ、お茶を……」

「ルーファスはいるか？　うわ、なんだこの書類の山は」

ノックもそこそこにレナードお兄様が召喚ギルドへとやってきた。何かあったのかな？　そして机と床の上に積まれている目録を見て、レナードお兄様の顔が思いっきり引きつっている。

だがすぐにそれがなんなのか察してくれたようである。哀れむような目で俺を見ていた。

「ルーファスも大変だな。そして大変なところに申し訳ないんだが、昨日渡した目録の件で話があってさ。向こうで話せるように準備しているから、来てもらえないか？」

「分かりました。それじゃ、セルブス、ララ、ちょっと行ってくるね」

そんなわけで、休憩ついでにレナードお兄様とのお茶の時間になった。

聞かれた内容はもちろん、目録に書かれていたものがどれくらいトラちゃんの中に入っていたかということである。

お父様に言われた通り、全部を調べたわけではないという前提で話をした。話をしたのだが、俺が気になって調べたものは、もれなくレナードお兄様も気になっているものだったのだ。

いや、あの表情からすると、目録に書かれていたものはすべて気になっていたのだと思う。そしてそこからは「お父様に内緒で見せてくれ！」とひたすら頼まれることになった。

俺も愛するレナードお兄様のために一肌脱ぎたいと思っている。思っているのだが、断った。

ここでそれをすれば怒られるのはレナードお兄様だけじゃない。俺も怒られるのだ。レナードお兄様は昨日の書き取りを再びさせられることになるだろうし、俺にいたっては何をやらされることになるのか分からない。おお怖い。絶対に嫌だぞ。

そうして俺とレナードお兄様とで攻防を重ねていると、天の助け、お母様がやってきた。たぶん、気を利かせたバルトかレイが連れてきてくれたんだろうな。

レナードお兄様はすぐにお母様がどこかへと連れていってくれた。グッジョブ。


召喚ギルドへ戻ってきたところで、午前中のみんなの状況を尋ねた。

どうやらララはファイヤーバードの召喚に成功したようである。やはり鳥系の魔法生物にしておいてよかった。ララと鳥の魔法生物は相性がいいようである。

俺がララの頑張りを喜んでいると、セルブスがスッと前に出た。

「ルーファス王子、私も新たにサラマンダーを召喚できるようになりました」

「おめでとう、セルブス。これでセルブスも火種の魔法が使えるようになったね」

「はい。ありがとうございます。これで私も少しは妻の役に立つことができるようになりました」

うれしそうにセルブスがそう報告してくれた。俺もとってもうれしい。これで「召喚スキル持ちは火種の魔法も使えない役立たずだ」なんて言わせないぞ。

せっかくなのでセルブスのサラマンダーを見せてもらった。セルブスのサラマンダーはテーブルを灰にすることなく、キレイに紙を燃やした。

うむ、予定通りの魔法生物が呼び出されたみたいだな。

「二人ともよく頑張ってるよ。この短期間で呼び出せる魔法生物が増えたからね」

「ルーファス王子のおかげです。やはり目の前で実物を見ると大きな刺激になりますね」

「ギルド長のおかげです。ありがとうございます！」

二人ともうれしそうである。確かに目の前で実際に召喚した方が分かりやすくていいか。自分にもできるかもしれないという気持ちになるだろうからね。それなら俺は、今後もたくさん魔法生物を召喚していかなきゃいけないな。

これは魔法生物図鑑だけじゃなくて、魔法生物を呼び出すための練習方法をまとめた教本を作る必要があるかもしれない。学校では剣術や魔法を教える授業があるのだ。それならば、召喚スキルの使い方を教える授業があってもいいはずだ。

「セルブス、今度、召喚スキルの使い方や練習方法なんかをまとめた本を作ろうと思っているんだけど、どう思う？」

「大変よい考えだと思います。不肖ではありますが、私もお手伝いさせていただきます」

「私もお手伝いします」

二人も手伝ってくれるようだ。ありがてぇ。助け船がなかったら、泣いちゃうところだったぞ。

どんな内容にするかちょっと話したところで昼食の時間になった。

ダイニングルームへ到着すると、そこには一心不乱に木剣を振るギリアムお兄様の姿があった。

一体なにごと。なんでこんな場所で木剣を振っているのか。

確かに俺たち王族が使うダイニングルームは広い。そのため、剣を振るくらいの余裕は十分にある。しかしである。

「バルト、あれ、どうなってるの？」

「おそらくですが、なんらかの罰を受けているのではないかと……」

気まずそうにバルトとレイがギリアムお兄様を見ている。当のギリアムお兄様といえば、ダイニングルームへ入ってきた俺たちにまったく気がついていないようだ。その顔をよく見ると、目のハイライトがなくなってる。

「ギリアムお兄様に書き取りの罰はあまり意味がないと判断したのか。確かに剣術が苦手なギリアムお兄様にはピッタリな罰なのかもしれない」

まさかギリアムお兄様がこんな罰を受けているだなんて。知りたくなかったぞ。

俺ならどっちの罰を受けることになるのかな？　両方の合わせ技なのかもしれない。

『主、あれは……』

『ベア……』

「二人とも、見ちゃいけません」

俺はぬいぐるみサイズになっているラギオスとベアードの目を両手で抱え込むように塞いだ。少しでもギリアムお兄様の尊厳を守らねば。

そうこうしているうちに、お父様がやってきた。一心不乱に木剣を振るギリアムお兄様の姿を見てうなずいている。

この光景、昨日も見たぞ。お父様がギリアムお兄様の肩をたたいてやめさせた。どうやらお父様からは許されたようである。

なんだろう、最近俺の知らない王家の姿が見え隠れするようになったんだけど。

しかもその原因を深く探ると、どちらも俺が召喚スキルを継承したことへと行き着くのだ。もしかして、俺のせい？

いやいや、そんなことはないはずだ。いくら俺が魅力的なものをトラちゃんの中から取り出そうが兄二人がしっかりと自制心を持っていれば、問題にはならなかったはずだ。

気まずい空気を感じながら、ギリアムお兄様が席につくのを待った。

「ルーファス、召喚ギルドの仕事はどうかな？」

「おかげさまで、粛々と進めさせていただいております」

「なんでもギリアムから大量の目録が届いたそうだな？」

その瞬間、ギリアムお兄様がビクッとなった。こりゃ相当怒られたみたいだな。頑張れ次期国王。兄弟の中ではギリアムお兄様がナンバーワンだぞ。

ギリアムお兄様から山のような目録が届いたことは、すでにバルトからお父様へと伝えてあるはずだ。それでもあえてお父様が聞いたのは、ギリアムお兄様への牽制（けんせい）なのだろう。

どうやら目録の作成で寝食、そして政務を忘れていたみたいだからね。このまま国王になったら非常にまずいと判断したようだ。

その判断は正しいと思う。俺がお父様の立場なら、同じことをしただろう。

「その、それなりの量の目録が届きました。一部、調べてみたのですが、日用品や装飾関係はそれなりにあるみたいです。ですが、魔法薬に関してはあまりないみたいです」

ヒヤヒヤしながらウソをついた。本当は魔法薬もほぼすべてそろっていると思う。でもその中には出してはならないものがたくさんあるのだ。この場で「魔法薬もほぼあります」と言えば、ギリアムお兄様の目に再び光が宿ることになるだろう。

そして待ち受けているのは、ギリアムお兄様のさらなる素振りである。見える、俺にもその光景が見えるよ。俺もついに新たな力に目覚めてしまったか。

「そうか。魔法薬がないのは残念だが、古代人の日用品や装飾品も貴重だからな。ガッカリする必要はないぞ。午後から時間を作って召喚ギルドへ行く。私もギリアムが作った目録に目を通したいからな」

再びビクッとなるギリアムお兄様。どうやら海よりも深く反省しているようである。そろそろギリアムお兄様を許してあげてもいいのかもしれない。

魔法薬については、お父様が召喚ギルドへ来たときに事実を話しておこう。お父様だけなら大丈夫なはずだ。

その後は午前中に召喚ギルドで行った仕事の話をしてから昼食の時間は終わった。お父様からは召喚スキルの使い方や練習するための教本を作る許可をもらっておいた。ただし、完成したらまずはお父様に見せることが条件ではあったが。

どうやら俺がまた妙なことをしないか警戒しているようである。俺もお父様に見てもらえるなら安心できるし、望むところだな。

召喚ギルドへ戻ると、先ほどの話をセルブスとララにもする。

「国王陛下に教本の件については話してきたよ。特に問題はなさそうだった。あと、午後から国王陛下がこちらへ来るみたいだから、そのつもりでね」

「承知いたしました」

「わ、分かりました」

国王陛下が来ると聞いて、セルブスとララの表情が固くなった。

なんだか申し訳ないな。俺が召喚スキルを継承する前は、召喚ギルドに国王陛下が来ることなんてなかっただろうからね。俺が原因で二人に度重なる心労をかけてしまっているような気がする。

そんな様子の二人と一緒に午後の作業を開始する。俺は教本の草案でも作っておくかな。今はベアードが新しく加わったトラちゃんの絵を描いているところだからね。

そうしてそれぞれが作業をしていると、扉の向こうが騒がしくなってきた。どうやらお父様が到着したようだな。

そのざわめきに覚えがあったのか、セルブスとララの表情に緊張が走った。

なるべく手短にお父様との話を終わらせることにしよう。それが今の俺にできる、せめてものことである。

扉の向こうからお父様が入ってきた。全員で立ってそれをお迎えする。

「お待ちしておりました」

「うむ。さっそくだが話を聞こう」

どうやら忙しい合間を縫ってここへ来てくれたようだ。俺はなるべくお父様に時間を取らせないように、まずは山になっている目録について話した。

「これらすべてがギリアムお兄様からの目録になっております」

「……予想通りというか、予想以上というか。さすがに全部は見なくていいぞ。いくつか抜き取って調べてもらえばそれでいい」

「ありがとうございます。それで、ちょっと内密の話があるのですが……」

あ、お父様の顔がめっちゃ嫌そうな顔になってる。俺だって本当は言いたくないよ？　でもこんな大事なことは言うべきだろう。俺がお父様の立場だったのなら自己判断で〝なかった〟ことにするけど、今はただの子供なのだ。

お父様を部屋の片隅へと連れていき、コソコソと話す。

「昼食の席で古代人の作った魔法薬はほぼないと言いましたが、実はほとんどあります」

「……やっぱりか。よくあの場所で言わなかった。いい判断だ、偉いぞ。言えばギリアムが大変なことになっていただろうからな」

フウ、とため息をついたものの、優しい笑顔を浮かべてから頭をなでてくれた。えへへ。しかし、これだけの報告で終わらせるわけにはいかないのがつらいところである。

「お父様、ネクタルという魔法薬をご存じですか？」

「……知っている。それ以上は言わなくていいぞ」

すべてを察してくれたお父様が俺を止めた。ですよね。俺もそう思います。俺は神妙な顔になるように配慮しながら、お父様の顔を見てうなずいた。

「これは私とルーファスだけの秘密だ。私が出せと言うまで絶対に表に出さないように」

「御意に」

お互いにうなずき合う。これで密約は交わされた。俺はお父様から何か言われるまで、古代人の魔法薬については何も知らないことになるのだ。

短期間に新たな悩みを抱え込んだお父様は、入ってきたときよりもほんの少しだけ笑顔を深くしてから帰っていった。

どうやらさらに頑張って作り笑顔をしなければならなくなってしまったようだ。そのうちお母様にバレないか心配である。

いや、お父様のことだ。夜にお母様へ魔法薬のことを話して泣きつくかもしれない。そしてそれを聞いたお母様は卒倒するのだろう。もしかすると、俺に弟か妹ができるかもしれない。

お父様が部屋から出ていったところで、壁の花のようになっていたセルブスとララが復活した。復活はしたが、その顔色は悪い。今日の仕事はここまでかな？　どうやら二人に負担がかかりすぎたようである。

「今日の仕事はここまでにしよう。あとは二人とも、好きなことをしていいよ」

「ありがとうございます。それでは私は書類の整理をすることにします」

「私は新しい魔法生物を召喚できるように練習します」

うーん、思ってたのと違うが、二人ともやりたそうなのでヨシ。俺はどうしようかな？　やっぱりモフモフタイムかな。

そう思った俺はみんなを呼び出して、ソファーの上でみんなをモフることにした。そんな俺の様子を見て微妙な顔をしているバルトだったが、特に何も言ってくることはなかった。

お父様が来たからね。俺の心身にも負担がかかっていると思ってくれたのかもしれない。バルトとレイも休めればいいんだけど、俺の護衛なんでそんなわけにもいかないんだよね。

「うーん、カイエンは温かいのかと思っていたけど、思った以上にヒンヤリしてるね。これなら夏の暑い日も、カイエンを抱き枕にすることで涼しく過ごすことができそう。暑くなったら……ラギオスとベアードは毛を刈ってあげた方がいいのかな？」

『……それは構いませんが、毛を刈っても次に呼び出されたときは元に戻っていると思いますよ』

「確かにそうか。刈り取った毛を枕にしようと思ったけど、無理そうだね」

『無理ですね』

フワフワの枕で寝ることができると思ったのに残念だ。いや、待てよ。

「フワフワの枕になる魔法生物を召喚すれば……」

『主よ、さすがにそれはやめておいた方が……』

「やっぱり？」

さすがにそんなキワモノを呼び出したら、第三王子の品格を疑われるか。残念だな。そのうち、家型の魔法生物を呼び出そうかと思っていたけど、こっちもお蔵入りになりそうだ。

移動できる家、いいと思うんだけどね。キャンピングカーみたいでさ。

外でみんなと一緒に食べるバーベキュー、おいしいだろうなー。どうしてこの世界にはバーベキューをする習慣がないのか。それとも貴族はしないだけで、庶民の間では日常的にバーベキューが行われているのだろうか？　気になった俺はさっそく料理長のところへと行くことにした。

「第三王子殿下！　なぜこのような場所に？」

「ちょっと料理長に聞きたいんだけど、バーベキューってするの？」

「バーベキュー？　なんでしょうか、それは」

どうやらバーベキューという名前ではないみたいだな。俺はバーベキューがどんなものであるかを説明した。俺の説明に、料理長も納得してくれたようである。

「なるほど、金網で焼いた料理ですか。それならもちろんありますよ。ですが、外で焼いて食べることはできません」

「どうして？」

「危険だからですよ。毒でも入れられたら、大変なことになりますからね」

屋外だから毒を入れやすくなるのか。確かにバーベキューするときは色んな人が入り乱れているからね。悪意を持った人物からすれば、絶好の機会になるのは間違いないだろう。

権力者は大変だな。外でバーベキューを楽しむことすらできないなんて。

バーベキューについて考え込む俺を見て、料理長が冷や汗をかいている。もしかして俺を不機嫌にさせてしまったとか思っているのだろうか？　そんなことはないぞ。俺は慌ててそれを否定した。

「別に怒っているわけじゃないよ。それよりも鉄板の上で焼く料理ならあるよね？」

「鉄板ですか？　クッキーなどの焼き菓子ならありますよ」

うーん、どうやら鉄板で肉を焼いたりはしないみたいだな。フライパンの上で焼くのが普通の調理法のようである。

そうか、焼き菓子か。そういえばこの世界って、まだまだ甘い物が少ないよね？　あるのはクッキーか、ケーキくらいである。

地球にいたころは甘いお菓子がたくさんあった。プリンにシュークリーム、チョコレート、あんパン。ゼリーにようかんにアイス。

どうしてこの世界にはそれがないのか。超古代文明時代にはあったのかな？　ああ、想像するとますます食べたくなってきた。

ここで俺がその作り方を教えてあげることができたらいいんだけど、作り方がサッパリ分からないんだよね。こんなことなら、お菓子作りもたしなんでおけばよかった。

『主、元気を出して下さい。我々がいるじゃないですか』

「ラギオス」

『そうですぞ。若様のそばには我らが……』

「あの、第三王子殿下、非常に申し上げにくいのですが、調理場に動物を連れてくるのはちょっと」

おずおずと料理長がそう言った。ハッとして周囲を見ると、料理人たちがうかがうようにこちらを見ている。

うっかりしてた。料理人にとって調理場は守るべき聖域である。王族が食中毒でも起こしたら大変だ。首が飛ぶ。当然のことながら、衛生環境を悪くするような行為は許されない。

「ごめん、不用心だったよ。色々と話を聞いてくれて助かったよ」

「あの、謝る必要など……」

王族に謝罪されてうろたえる料理長。だが悪いのは俺だ。このくらいの誠意を見せる必要があるだろう。しっかりと謝ってからその場を退散した。

「あー、俺に料理の才能があったらよかったのに」

『ピーちゃん！』

召喚ギルドへ戻り、テーブルの上で潰れる俺のほおをピーちゃんがツンツンしている。それを見たおチュンが反対側の俺のほおをツンツンし始めた。やめなさい。ピーちゃんのまねをするんじゃありません。あれは悪い子がすることだぞ。

『何かあったんですか？』

『どうやら主はお目当ての食べ物が食べられなくて落ち込んでいるみたいですね』

『腹が減っては戦はできぬと言いますからな』

『ピーちゃん！　なければ作ればいいじゃない』

『チュンチューン！』

そうなんだけど、そもそもその作る能力が俺にはないんだよなー。魔法が使えないみたいに。

ん？　魔法が使えないみたいに？

「フッフッフ、そうだよ、俺が作れないなら、作ってもらえばいいんだよ。想像力さえあればなんでもできる。それが召喚スキルの真骨頂！」

『ラギオス殿、若様を止めた方がよいのではござらぬか!?』

『もう手遅れだと思いますよ？』

ラギオスからあきれたような声が聞こえてきた気がするが、気のせいだろう。俺はやるぞ。懐かしい、地球の料理をこの世界に再現するのだ。

降臨せよ、お菓子の王者たち！

「ルーファス・エラドリアの名において命じる。顕現せよ、テツジン・シェフ！」

『マッ！』

「ひゃ、ゴーレム！」

「これはただのゴーレムではありません、アイアンゴーレムですぞ！」

俺の体から光が放たれると同時に現れたテツジン・シェフに、様子を見守っていたララとセルブスが大きく後ろへと下がった。

ものすごく驚いているな。もっと人間らしいフォルムのゴーレムにすればよかったかな？　でもそれだと、家族からあらぬ誤解を招きそうだ。

セルブスが言ったように、金属製のブリキのロボットのような見た目をしている。腕は四本あるし、驚くのも無理はない。

だがしかし、この世界に存在するゴーレムはストーンゴーレムのみである。アイアンゴーレムは存在しない。概念的にはあるのかもしれないが、見た人も遭遇した人もいないはずだ。

「モフモフじゃないけど、鉄の塊はそれだけで存在感があってかっこいいよね。キミの名前はテツジンだ。テツジン、まずは試しにプリンを作ってくれないか？」

『マ？』

「マ、マ」

そうだと告げると首を左右に振られた。そしておもむろにペンを紙に走らせた。こんなことなら話せるようにしておけばよかった。

つまり、俺の中のロボット愛が強すぎたってこと。

えっとなになに、材料と調理器具がありません。

うん、その通りだよね。材料も道具もないのに、どうすりゃええねんってなるよね。紙にはプリンを作るのに必要な材料が書かれているみたいなので、レイに頼んで調理場へもらいに行ってもらった。

俺が行くとまた騒ぎになるからね。その点、レイならうまくやってくれるはずだ。

あと必要なのは調理器具だな。それなら封印されしものの力を解き放つ必要があるだろう。トラちゃんの方を見ると、カタッと傾いた。たぶん、首を傾けているつもりなのだろう。かわいいよね。

「トラちゃんの中にオーブンはあるかな？」

『オーブン……はないですね』

「それなら熱した空気で蒸し焼きにしたり、箱の中に熱源があったりする調理器具はないかな？」

『えっと、それならありますね。加熱調理器具という名前です』

「オーケー。それを出してほしい」

サムズアップでお願いするとトラちゃんが中からそれを出してくれた。見た目は完全にオーブンである。ちょっと大きめなので、チキンを丸ごと焼くこともできそうだ。もちろんシャケも焼くことができるぞ。

バルトに頼んでそれをテーブルの上に載せてもらう。何か言いたそうにしていたが、無理やりグッと飲み込んでいるようだった。

テツジンと一緒に加熱調理器具の使い方を確認する。フムフム、どうやら俺が前世で使っていたオーブントースターと同じような使い方でよさそうだな。

ダイヤルを回して時間と温度を設定し、この丸いボタンを押せば調理が開始するようだ。

前面の扉を開くとガシャコンと台座が前に少しだけせり出してきた。これなら鉄板の上に食材を載せるのも楽にできる。もちろん鉄板は簡単に取り出せるぞ。

『主、ずいぶんと手慣れてますね』

「まあね。俺、第三王子ですから」

『その言い訳はちょっと苦しいのではないでしょうか？』

心配そうにこちらを見てから首をひねるラギオス。確かにそうかもしれない。俺は急いでトラちゃんの中から取扱説明書を出してもらった。もしかしてないかもと思ったけど、ちゃんと存在していた。

「う、読めない。これって古代文字だよね？」

そう言ってから、この中で一番、知識量が多いと思われるセルブスに見せた。セルブスは慎重にそれを確認すると、ゆっくりと首を縦に振った。

「間違いありません。こうして完全な形で古代文字が残っているのは、非常に貴重なはずですよ」

「それはまずい。ギリアムお兄様には見せられないな」

古代文字を読める王族はギリアムお兄様くらいではなかろうか。こんなときのために、俺も古代文字を学んだ方がいいのかな？　でもギリアムお兄様に古代文字を教えてほしいと頼んだら、そっちの沼に引きずり込まれるかもしれない。どうしたものか。

「ラギオスは読めない？」

『残念ながら読めませんね』

申し訳なさそうに首を左右に振るラギオス。しょうがないよね。古代文字を読むために召喚したわけじゃないからね。新たに古代文字を読むための魔法生物を呼び出してもいいけど、今いるメンバーで読める子はいないかな？

「トラちゃんは？」

この中で一番読めそうなのはやはりトラちゃんだろう。だって古代文字が使われていた時代に前のマスターと一緒に活動していただろうからね。

テーブルの上でピーちゃんとおチュンの止まり木になっていたトラちゃんに取扱説明書を見せた。

『えっと、使用上の注意。最初に魔晶石に魔力が充電されているかどうかを確認して下さい』

「さすがはトラちゃん！　古代文字が読めると思ってたよ」

『このくらい、余裕のよっちゃんですよ。えへへ』

照れるトラちゃん。そしてその言い回しは一体、だれに教わったのか。トラちゃんの前のマスターが転生者である可能性がますます高まった。というか、もうほぼ間違いないだろう。

トラちゃんに取扱説明書を読んでもらいながら、加熱調理器具の使い方を習得していった。問題になりそうなのは魔晶石の存在である。どうやらこれがエネルギー源のようだ。加熱調理器具の前面にある小さな扉の中にそれは入っていた。

「これが魔晶石か。見覚えがあるな」

それは送風箱を分解したときに見つけたエメラルドと、見た目はまったく同じだった。大きさはこっちの方が少し大きいけどね。

魔晶石という名前だったのか。魔力を充電と言うからには魔力が込められているのだろう。充電されている魔力が切れたら、補充することができるのかな?

『色がなくなったら新しい魔晶石に交換して下さいって書いてありますね』

「交換？　充電はできないの？」

『そんなことは書いてないですね』

これは困ったぞ。魔晶石の充電が切れたら使えなくなってしまう。そうなると、この加熱調理器具はただの金属製の容器になってしまうことだろう。

そうなる前に、まずはトラちゃんに確認だな。

「トラちゃんの中に、魔晶石の充電装置はあるかな？」

『えっと、ありませんね』

「ないの!?　それじゃ、予備の魔晶石は？」

まさかのない発言。これには俺もビックリだ。どうやら魔晶石の充電は何かしらの装置を使うのではなく、別の方法で充電するようである。もしかすると、古代には充電スキル持ちの人がたくさんいたのかもしれない。

でもそんなスキルがあったという話を聞かないところを見ると、ないんだろうな。超古代文明時代に魔晶石へ魔力を充電することはだれにでもできる技術だったのかもしれない。

『えっと、それならありますね』

「どのくらいの数があるのかな？」

『百個以上、ありますね』

「百から先は？」

『数えられません』

まさかの数えられない宣言。百から先は覚えてない、ならぬ、百から先は数えられないである。

トラちゃんの中での表記がどうなっているのか、とっても気になるところだ。

「まあそれだけあればしばらくは困らないか」

「あの、ルーファス様、調理場の設備を使えばよろしいのではないですか？」

「……そうだよね」

まさにバルトの言う通りである。別に超古代文明時代の便利家電を無理して使う必要はまったくないのだ。

そのことを気づかせてくれたバルトにはワンポイントあげよう。ポイントがたまったら豪華賞品と引き換えることができるかもしれないぞ。

「ルーファス様、頼まれていた食材をお持ちしました」

「よくやったぞ、レイ。料理長から何か言われなかった？」

「何をするつもりなのか聞かれたので、ルーファス様が使うとだけ言っておきました」

「そうか。そうだよね。レイはプリンがなんなのか分からないもんね」

これはあとでお礼を言いに行ったときに、色々と聞かれるパターンだぞ。覚悟を決めておかないとね。料理長に教えれば、ノリノリで作ってくれるかもしれないし。

手元にはプリンの材料。目の前には調理器具。主役はそろった。あとは作ってもらうだけである。

「プリンを作ってくれ、テツジン！」

『マッ！』

ノリノリで命令する俺を見て、ラギオスたちがなんだか遠い目をしていた。

分かってないな、キミたち。こういうときはノリが必要なんだよ、ノリが。

テツジンが四本の腕をシャカシャカと器用に動かして調理を始めた。すごいぞ、テツジン！　なんの作業をしてるのかはまったく分からないけど。

先ほどから室内には砂糖を焦がした甘い匂いが漂っている。

あれは間違いなくカラメル。やだ、本格的！　下準備が終わったのか、あらかじめ用意しておいたマグカップに黄色の液体をそそぎ込むと、加熱調理器具の中へと入れた。もちろんそのマグカップはトラちゃんの中から出したものだ。

テツジンが作っている料理が気になったのは俺だけではなかった。今ではセルブスとララ、そしてバルトとレイも興味深そうにそれを見ている。

その一方で、俺の大好きなモフモフたちはあまり興味がなさそうだった。

そうだよね、みんな食事なんてしないもんね。興味がないのは当然か。こんなことなら、一緒に食事ができるようにイメージしておけばよかったかな？　でもそれはそれで、食費で困ることになるのか。

俺のようなお金持ちならまだしも、庶民にとってそれが大きな負担になることだろう。その結果、召喚スキルがハズレスキルとして扱われることになるのは容易に想像できる。それでは創造神からの、「召喚スキルの知名度を上げてくれ」という使命を果たせない。

モフモフたちと一緒に食事をすることをあきらめきれず、ウンウンとうなっていると、チーンと音がなった。どうやらプリンが完成したようである。

『マッ』

「よくやったぞ、テツジン。でもまだ熱そうだね。なんとか冷たくできないかな」

「それでしたら私が」

そう言ってレイがプリンに手をかざした。近くでその様子を観察していた俺のほおを、冷たい風がなでていく。

どうやらレイは冷たい風を送り出す魔法で冷やしてくれているようである。

便利なんだよね、その魔法。夏の暑い夜なんかは特にお世話になっていた。もちろん俺は魔法が使えないので、使用人に使ってもらっていたのだが。

十分にプリンが冷えたところで、レイに「よくやったぞ」と声をかけてからやめさせる。ありがとうと素直に言えないのがつらい。

目の前にはマグカップの中に入ったプリンがある。この黄色い姿はまさしくプリン。まがう方なきプリンだ。間違いない。

「みんな、スプーンは手に持ったか？」

「もちろんです」

「も、持ちました」

「私たちにまでいただけるだなんて」

「ありがとうございます。ウウッ」

忠誠心の強いレイがすでに半泣き状態になっている。これは俺の護衛担当から外すなんて言われた日には、セミの抜け殻のようになってしまうな。気をつけないと。

そんな俺たちに興味を持ったのか、ラギオスたちがテーブルの上に集まってきた。

テツジンは俺たちの反応を確かめようとしているのか、つぶらな瞳がチカチカとまたたいている。

果たしてそのお味はいかに。ここまで来てガッカリはナシにしていただきたいところである。

「う、うまい！　俺が求めていたプリンよりもずっと高級なプリンだ。味が濃厚！」

「これは……！　初めて食べましたが、とてもおいしいですね」

「おいしいです。口の中でとろけて、そこから甘さの波が襲いかかってくるみたいです」

気に入ったのか、バルトとレイは無言でプリンを食べ進めていた。カラメルの部分に到達したのだろう。バルトの手が一瞬、止まったが、それでも食べた。そして納得したかのように何度もうなずいている。

それをニマニマと見ながら、俺もカラメルを食べる。コクのある甘さがプリンをさらに引き立てた。いい仕事してますね～。

『主、そんなにおいしいのですか？』

「そうだよ。ちょっとだけ食べてみる？」

興味本位でそう聞いてみた。魔法生物が食べ物を食べるという記述はどこにもなかったはずだ。

しかし逆に、魔法生物に物を食べさせてはいけないという記述もなかった。

もし物を食べさせて何かあってはいけない。俺は慎重にスプーンを差し出した。

『それじゃ、遠慮なく……』

「どう？」

『これが甘いという感覚なのですか。悪くないですね。どちらかと言うと好きと言えるでしょう』

『若様、それがしも食べてみたいです』

「もちろんだよ。試しにちょっとだけ食べてみてね」

そうしてみんなに食べさせた。みんなの変化をわずかでも見逃さないように、目を皿のようにして観察する。だがしかし、特に変化はないようだ。苦しんだりする様子はなく、どちらかと言えばもっと欲しそうな顔をしている。

「ねえ、ラギオスたちって食事の必要はないんだよね？」

『そうです。でも、食事をするのもいいかもしれないと思い始めました』

「なるほど。人間で言うところの嗜好品というわけか」

スッと腑に落ちた。魔法生物にだって好き嫌いはあるだろう。それならちょっとした娯楽や、嗜好品を求めてもおかしな話ではない。

俺はそう納得したのだが、セルブスとララはそれを見て、目を飛び出させていた。

「まさか、魔法生物が食事をするだなんて。これは大発見ですよ」

「私が呼び出した魔法生物も食事をするのでしょうか？」

セルブスは興奮してしきりにラギオスたちを観察している。ララは動物への餌やりに興味があるのか、自分でも食べさせたそうにみんなを見ていた。だがしかし、すでにララのマグカップの中は空である。また今度にしようね。

「セルブスとララが呼び出した魔法生物が食事をするのかは分からないな。どうも、俺が呼び出した魔法生物とは違うような気がするんだよね」

「私もそう思います。なんというか、私たちが呼び出した魔法生物には心がないような気がしますね」

心がないか。二人が呼び出した魔法生物が自律していないように感じるのはそれが原因なのかもしれないな。俺だけができる特殊能力ではないはずだ。だって、俺のスキルはみんなと同じなのだから。

「心を持たせる方法はきっとあるはずだよ。なぜか俺はそれが自然にできているみたいだけどね」

もしかすると、ペットとして動物たちと慣れ親しんだ俺と、そうではない人たちでは意識の違いがあるのかもしれない。これは魔法生物に心を持たせる方法を模索する必要があるな。

「なるほど、魔法生物に心を持たせるですか。これまで考えたことがなかったですね」

「心を持たせる、ですか。難しそうですね」

ララのその考えも足を引っ張っている原因だろうな。魔法生物を呼び出すのにはイメージが最重要だ。そこに「難しい」という感情が入れば、そうなってしまう確率は非常に高くなる。

それを解決する方法はただ一つ。自信を持つことだろう。できるできる、絶対できるってね。そのためには、やはり何度も魔法生物を召喚して自信をつけるしかない。

「たくさん練習しよう。そうすれば、必ずできるようになるよ。ここに成功した人がいるからね」

「そうですな。ルーファス王子は我々、召喚スキルを持つ者の希望ですからな」

「頑張ります」

二人が俺の前にひざまずいた。

いや、そこまでする必要はないと思うんだけど。みんなで仲良く頑張ろうでいいじゃない。

やっぱり第三王子という身分がみんなとの間に壁を作り出しているのだろうな。これればかりは俺の力ではどうすることもできない。

そして時間が解決してくれるわけでもないだろう。今はこの状況を受け入れるしかないか。

バルトとレイにも、もっと身近な存在になってほしいのだが、やっぱりそれは難しいのかな。あれ？　レイがマグカップをジッと見つめているぞ。

「レイ、どうしたの？」

「あっ、いえ、その、プリンがとてもおいしかったものですから、その……」

「もっと食べたいな、って思ってる？」

「そこまでは、その……」

もう、レイも素直じゃないな。プリンの材料はまだ残っている。それならテツジンに頼んで、追加のプリンを作ってもらおう。俺ももう一個くらい食べたいからね。

残ったプリンはフタをして冷蔵庫へ入れておこう。

「テツジン、追加のプリンを頼む」

『マッ！』

「ルーファス様」

レイの声が震えている。

ちょっとレイ、男前が台無しだぞ。ララが微妙な顔をして見ているじゃないか。イケメンたちの残念な面を見すぎて、そろそろララが人間不信になってしまうかもしれない。要注意だな。

「トラちゃん、冷蔵庫を出してほしい」

『えっと、そのような名前の魔道具はありませんね』

「あらら」

どうやら冷蔵庫はないみたいだ。たぶん、名前が違うのだろう。それならえっと。

「箱の中が冷たくなる魔道具はないかな？」

『それならありますね。大きいのと小さいのがありますが、どっちにしますか？』

「大きいのと小さいの？　それじゃ、小さいのでお願い」

トラちゃんの中から白色の箱が出てきた。どう見ても冷蔵庫なんだよなー。大きいのを頼んでいたら、一体、どうなっていたことやら。

「トラちゃん、この魔道具はなんという名前なの？」

『小型氷室（ひむろ）ですね』

「なるほど。それじゃ大きいのを頼んだら、氷室が出てきたのか」

『そうですね』

小さいのを頼んでよかった。もう少しでこの部屋いっぱいの氷室が出てくるところだった。さすがにそれは邪魔になる。

「バルト、レイ、この小型氷室をあそこの部屋の隅まで移動させてほしい」

「分かりました」

バルトとレイが冷蔵庫ならぬ小型氷室を移動させている間に、テツジンが着々とプリンを生産していた。テツジンには俺の思いが届いているみたいで、先ほどのような人数分ではなく、可能な限りたくさんの量を生産している。トラちゃんの中に食器がたくさん入っていてよかった。

お城での食事では見かけないタイプの食器ばかりだったが、俺からすると見慣れた、懐かしい食器ばかりなんだよね。

超古代文明時代って、俺が暮らしていた時代の地球とよく似てるような気がする。

そうこうしているうちに、それなりの量のプリンが完成した。もちろん食べたい人に食べさせてあげる。

セルブスは孫に食べさせてあげたいみたいだったので、持って帰らせることにした。

「ありがとうございます、ルーファス王子。孫もきっと喜びます」

「いいんだよ。セルブスにはいつも世話になっているからね。そのマグカップはそのまま使ってもらっていいよ」

「なんというお心遣い。家宝にさせていただきます」

深々と頭を下げるセルブス。なんだよ、家宝って。ただのマグカップだよ？　トラちゃんに頼めばいくらでも出てくるような代物なのに。

あ、ララも欲しそうな顔をしているな。

「ララ、それからバルトとレイも、欲しいんだったら、そのマグカップを持って帰ってもいいからね」

「本当ですか!?」

「なんと……！　ありがとうございます」

「家宝にします。ウウッ……」

やっぱりレイは家宝にするようである。なんとなく分かっていたけどね。それでいいのだろうか？　いいんだろうな。たぶん。

プリンを食べて満足したところで、召喚ギルドの仕事を再開する。みんなの脳に糖分が行き渡ったようで、明るい表情でテキパキと仕事をこなしている。

やっぱり甘いお菓子は偉大だな。俺のイメージを形にしてくれるテツジンがいることだし、テツジンにはこれからも食べたい物を作ってもらおう。

夕方になり、本日の仕事は終了した。セルブスとララに解散を告げてから、その足で料理長にお礼を言いに行くことにした。

もちろん行くのは俺とバルトとレイだけである。これでまたモフモフたちを連れていったら、料理長からの心証は最悪になることだろう。

もしそうなってしまったら、食材を分けてもらえなくなるかもしれない。それだけは絶対に避けなければならないのである。

調理場へたどり着いた。中をのぞくと夕食の準備でとても忙しそうだ。悪いな、と思いつつも、お礼だけは言っておきたい。

「料理長、さっきは食材を分けてもらえて助かったよ」

「第三王子殿下、とんでもございません。お役に立てたようで何よりです。ところで、あの食材は一体、何に使われたのですか？」

さすがは料理長だ。どうやら食への探究心が刺激されたようである。それもそうだよね。どう考えても、クッキーやケーキを作るような食材の組み合わせじゃなかったからね。

ここは作戦通りに、料理長に教えておくことにしよう。

「プリンという名前のお菓子を作るのに使ったんだよ」

「プリン？　それは一体、どのようなものなのでしょうか？」

「えっと、蒸したお菓子で、黄色い色をしていて、容器の底には茶色のカラメルが入っていて、そんなお菓子だよ」

腕を組んで大きく首をひねる料理長。どうやらお分かりいただけなかったようである。その後もレイと一緒に説明するが反応はイマイチだった。俺たちにもっとプレゼン能力があればよかったのに。まことに残念である。

「なるほど、とても気になるお菓子ですな」

それでも料理長は興味を示してくれた。蒸したお菓子というのがどのようなものなのか気になるのだろう。今までにないタイプのお菓子だからね。

どうしたものか。作り方を見せてあげればすぐに分かってもらえると思うんだけど。

「邪魔にならないようなら、作って見せてあげることができるんだけど。俺じゃなくて、テツジンが、だけどね」

「テツジン？」

「そう。俺が召喚スキルを使って呼び出す魔法生物の名前だよ」

首をひねりながらも周囲を素早く確認する料理長。どうやら召喚スキルがどのようなものなのか知らないようである。さっきもラギオスとカイエンを、ただの動物だと思っていたみたいだからね。

そしてこの反応からすると、俺が召喚スキルを継承したことも知らないみたいだな。

俺、一応、この国の第三王子なんだよ？　もうちょっと興味を持ってもらってもいいと思うんだけど。確かにレナードお兄様の剣聖スキルに比べると地味かもしれないけどさ。

「あの場所が空いております。あそこなら使ってもらっても問題ありません」

料理長が調理場の隅っこを指差した。どうやら料理長は未知の料理に対する探究心に負けたようである。

そうこなくっちゃ。そうでなければ王宮料理長なんてやっていられないだろう。

その場所はちょっと型落ちの道具が置かれている調理台だった。しかし調理器具は一通りそろっているようなのでなんとかなりそうだ。

さすがにオーブンはないが、鍋を使えばなんとかなるはず。テツジンなら大丈夫。

「それじゃ、この場所を借りるよ。ルーファス・エラドリアの名において命じる。顕現せよ、テツジン・シェフ！」

『マッ！』

「ぬおお！」

料理長が突然現れたブリキのロボットに腰を抜かした。慌てて謝りつつも、テツジンの紹介をする。納得したのかは分からないが、テツジンに敵意がないことは理解してもらえたようだ。

「これが召喚スキルですか。初めて見ました。料理ができるゴーレムを呼び出せるとは、驚きですね」

「フフフ、これが召喚スキルの真骨頂だよ」

ドヤ顔で料理長を見るが、そんなことをしている場合ではなかった。早くしないと夕食の時間になってしまう。

「テツジン、プリンを一つ作ってほしい」

『マッ！』

「ちょっとゆっくりめに作ってね」

『マ？』

そんなわけで、テツジンが丁寧に、弟子に料理を教えるようにプリンを作り始めた。それを真剣なまなざしで見つめる料理長。そして俺がテツジンを呼び出したことで注目を集めてしまったようである。遠巻きに料理人たちがこちらを見ながら、何かを紙に書いている。

テツジンの調理は続く。下準備を終えたテツジンが料理長の反応を見ながら、陶器のカップにプリンの原液を入れる。それをあらかじめ湯を入れておいた、フタができる鍋に入れて湯煎にする。

「作り方は思ったよりも簡単そうですね。しかし、あまり見かけない調理方法ですな」

その発想はなかった、とばかりにしきりに感心する料理長。蒸し料理はあるけど、鳥料理か、芋料理くらいでしか見たことがないような気がする。

もしかすると、このプリンをきっかけにして、蒸し料理の幅が増えるかもしれないな。

肉まんやあんまん、他にもおまんじゅうなんかが増えてくれるとうれしいな。でもその前に、あんこの作り方を料理長に教えておかなければなるまい。

料理長たちの質問に筆談で答えるテツジン。やっぱりしゃべれるようにしておけばよかった。今さらそう思っても後の祭りである。テツジン・シェフ・マーク・ツーには必ずおしゃべり機能を搭載しようと心に誓った。

そんなこんなでプリンが完成した。それをレイに頼んで冷やしてもらい、料理長に試食させる。味には問題ないだろう。あとは料理長が気に入ってくれるかどうかだな。

「それでは失礼して……な、こ、これは！」

「どうかな？」

「とてもおいしいです。滑らかな口当たりに、とろける甘さ。この砂糖を焦がしたものの香ばしさもとてもよいですね」

どうやら気に入ったようである。周りにいた料理人たちが食べたそうな目で見ていたが、料理長が分け与えることはなかった。ちょっと大人げないぞ。

しっかりと味わいながら食べた料理長は満足そうな笑みを浮かべている。

「第三王子殿下がこのようなお菓子の作り方をご存じとは思いませんでした」

「作ったのは俺じゃなくて、テツジンだけどね」

「召喚スキルというのは、すばらしい力を秘めているのですね」

料理長が感慨深そうな声を出している。

よし、いい感じに召喚スキルの宣伝になったぞ。この場にいる料理人たちにも、テツジンと召喚スキルのすごさを理解してもらえたことだろう。

「第三王子殿下、これほどのすばらしい甘味の作り方をみんなに教えてもよかったのですか？」

「別に構わないよ。おいしい物はみんなで食べればもっとおいしくなるからね。みんなも仕事が終わったら作って試食してみてね。きっと気に入ると思うからさ」

「おおお、第三王子殿下はなんとお心が広い。感服いたしました」

料理長がむせび泣き始めた。やだ、何この状況。怖い。大の大人が人目を気にせず泣くのを見るのはちょっと微妙な気持ちになるな。しかも俺が泣かせたみたいじゃないか。

ますます微妙な気持ちになってしまう。

「料理長、これで涙をふいて。ほら、みんながぼう然と……はしてないけど、夕食の準備がまだ途中なんでしょう？」

ハンカチを料理長に渡してから周囲にいる料理人たちを見渡すと、同じように泣いていたり、今にも泣きそうになっていたりする人たちが続出していた。

俺、そんなにかっこいいこと言ったかな？　あ、レイが静かに涙を流しているところを見ると、言ったんだろうな。

これ以上、ここにいるのはまずい。俺の危険を知らせるセンサーがビンビンに危険を検知している。

そんなわけで、俺はそそくさと退散することにした。

「そういうことだから、俺は夕食を楽しみにしながら向こうで待ってるよ。プリンのレシピは自由に使っていいから、みんなの家族にも振る舞ってあげてね」

それだけを言い残して調理場をあとにした。ルーファス・エラドリアは急いで逃げるぜ。

もちろん逃げる途中でテツジンを還しておく。テツジンの姿は目立つからね。どうも魔物のゴーレムとしか見られていないようである。テツジンの造形、失敗したかな？

「おや？　そんなに急いでどうしたんだい」

「ギリアムお兄様」

一足先にダイニングルームへ向かうと、そこにはすでにギリアムお兄様が来ていた。素振りはしていない。どうやら追加のやらかしはしていないようだ。さすが。

昼食の時間に見たギリアムお兄様の姿がまるでウソのようである。いや、悪い夢だったのかもしれない。ほっぺたをつねっておけばよかった。

「作業の進捗具合はどうかな？」

「古代人が使っていた食器を調べているところです。今の時代にはない造形の物ばかりで、歴史の重みを感じますね」

「どんなのがあったのかな？」

「えっと、マグカップとか？」

俺の頭にとっさに浮かんだのが、先ほどプリンを作るときに使用したマグカップだった。こんなことなら他の食器も俺が知っている形と同じなのか、調べておけばよかった。適当に言って違ってたら、後々困ることになりそうだ。

特に学者スキルを持っているギリアムお兄様の前ではまずい。

「マグカップ！　それはぜひ見てみたいところだね」

「それならバルトとレイが持っているはずですよ」

さっきそのままプリンの容器としてあげたからね。あれから俺から離れていないし、たぶん、今も持っていると思う。

ギョッとした表情で俺の方を見たギリアムお兄様が、すごい勢いでバルトとレイを見た。

あれ、マグカップをプレゼントしたらダメだった？

「バルト、レイ、見せてほしい」

「はい、こちらでございます」

バルトとレイがマグカップをテーブルの上に置いた。バルトのマグカップにはブルーラインが入っており、レイのマグカップにはネコの模様が描かれている。

レイのマグカップはちょっとかわいすぎたかな？　これならラインの入った物を渡しておいた方がよかったかもしれない。でも確か、レイが自分で選んだ模様だったはずだ。それならきっと、レイはこの模様が気に入っているのだろう。

「これは間違いなくマグカップ。しかもどこにも欠けは見られない、完全な形をしたマグカップだ。

これは非常に貴重な物だよ」

「そうなのですか？　ちなみにいくらくらいになるのですか？」

「そうだな、私なら最低でも金貨百枚は出すかな」

「百!?」

バルトが悲鳴をあげた。まさかそんなに価値がある物だとは思わなかったようである。奇遇だな、バルト。俺もだよ。

そうなると、セルブスとララにあげたマグカップも同じくらいの値段になるわけで。

このことは言わないでおこう。ララがひっくり返ったら大変だ。よかれと思って二人にプレゼントしたのに、返しますって言われかねない。

小型氷室にはまだまだたくさん入っているんだけど、どうしよう。

「ちなみになんだけど、もしかしてルーファスは二人にこのマグカップをプレゼントしたのかな？」

う、ギリアムお兄様の笑顔が怖い！　目が、目が笑ってない！　でもここで違いますと言うわけにもいかない。

考えろ、考えるんだ。起死回生の一手を。

「はい。いつもお世話になっている二人にプレゼントしました。ギリアムお兄様もお一つどうですか？」

「いいのかい!?」

「もちろんですよ。一つとは言わず、二つ、三つと持ち帰ってもいいですよ。まだまだたくさんありますからね」

「さすがはルーファス！　私の自慢の弟だよ」

許された！　でも色々と心臓に悪いぞ。

第五話　やらかし王子

善は急げ。俺はお父様とお母様、レナードお兄様がここへくる前に終わらせようと、急いでトラちゃんを召喚する。そして適当にマグカップを取り出した。もう面倒なんで、全部あげよう。

「ギリアムお兄様、どうぞ」

「いいのかい、こんなに！　これはどれもいい仕事をしてますね〜。ほら、見てよ。どれも同じ形をしている」

「ソウデスネ」

量産品だろうから同じ形になるのは当然だと思う。だがしかし、今の時代ではうり二つの物は非常に貴重で価値のあるものとされている。

なぜなら、熟練の職人しかそのようなことができないからである。未熟な人が作れば、形はいびつで不ぞろいの物になってしまうのだ。

「ルーファスもこのマグカップの希少価値が分かるようになったか」

しみじみとギリアムお兄様がそう言った。

いや、全然、分からないんですけど。どちらかと言うと〝価値なんてない〟と思ってるんですけど。

ギリアムお兄様が何か大きな勘違いをしているみたいだけど言わないでおこう。それから、早いところクギを刺しておかないといけないな。

「ギリアムお兄様、なるべく早く見えないところに片づけた方がいいですよ。お父様に見つかったら、何を言われるか分かりませんからね」

「確かにそうだ。さすがはルーファス。キミ、これを私の部屋に持っていってくれ。くれぐれも気をつけてね」

「か、かしこまりました」

震える使用人。別にまだまだトラちゃんの中に入っているので、全部割ってしまっても一向に構わないんだけどね。ここでそれを言えないのが心苦しい。

だが、俺だって自分ファーストなのだ。降りかかる火の粉は全力で払うし、そこに突っ込んでいこうとは思わない。

使用人がマグカップを持って去ったあとでお父様たちがやってきた。しかしどうやら、俺たち二人が先にいることについて、違和感を覚えるようなことはなかったようだ。

ホッ。なんとか無事に乗り切ったか。ギリアムお兄様にマグカップをプレゼントしたことがバレたら、小言くらいは言われたことだろう。

ギリアムお兄様もそのことが分かっているのか、夕食の間、その話題を一切、出すことはなかった。さすがである。

これがレナードお兄様なら、間違いなくポロッと話していたはずだ。得意気な顔をして。

「ん？　俺の顔に何かついてるか？」

「いえ、そんなことはありませんよ。今日もとてもおいしい夕食でしたね」

「ああ、ルーファスの言う通りだ。あの黒ウサギのステーキはほどよく脂が乗っていて、その脂も甘くておいしかった」

レナードお兄様がウットリしているところで、本日のディナーを飾るデザートが出てきた。

うん、見覚えがあるぞ、この黄色いデザートには。

「あら、このデザートは初めて見るわね。料理長、隣の大陸の食べ物なのかしら？」

「いいえ、違います、王妃殿下」

そう言って、ニッコリと笑いながらこちらを見る料理長。

やめろ、やめるんだ料理長。そういえば、俺が教えたことを口止めするのを忘れてた！

「こちらは第三王子殿下に教えていただいた、プリンというデザートでございます」

「な～に～？」

ギロリとこちらをにらむお父様。その顔には〝またお前か〟としっかりと書かれている。

まずい、今の俺にはモフモフたちの加護がない。お父様にもそれが分かっているはずだ。こんなことならみんなを呼んでおけばよかった。

色々と騒ぎになるかもしれないが、今なら自然な流れでテツジンを紹介することができるはずだ。

というか、それしかない。

「いや、違うんです、違うんですよお父様。私が教えたんじゃなくて、私が呼び出したテツジン・シェフが教えたのですよ。出ろ、テツジーン！」

『マッ！』

関節部分が少しだけ開き、そこから赤い光が漏れているテツジンが現れた。その目も赤く輝いており、ジッとお父様を見据えている。もしかして、デストロイモードなの？

「おっと、違うぞ、ルーファス。まずは落ち着け。な？」

「母上！」

お父様が両手を前に出し、テツジンを見て気を失ったお母様をレナードお兄様が素早くキャッチした。さすがは剣聖。動きが速い。食卓は一瞬にしてカオスな状況になった。

そんな中、ギリアムお兄様だけはプリンを凝視していた。

さすがは学者スキル持ち。目の前の食べ物が一体なんなのか気になるのだろう。俺の呼び出したテツジンに興味を示さないのは、俺が妙な魔法生物を呼び出すことに慣れてしまったからだろうか。それとも、ゴーレムは調べ尽くしてしまって興味がないのだろうか？

一人だけマイペースにプリンを口に運ぶギリアムお兄様。その顔がパアッと明るく輝いた。そして俺の方を見た。

「おいしい！　これがプリン。まさか古代人が食べていたものを実際に食べることができるとは思わなかった」

その声は感動で震えていた。そんなにですか、ギリアムお兄様。

「プリンを知っていたのですか？」

「ああ、もちろんだよ。名前とその特徴しか知らなかったけどね。黄色い色をした、プルンプルンの食べ物。確か容器の底には茶色いものが……入ってる！　これぞまさしくプリン！」

なるほど、ギリアムお兄様が他には目もくれずプリンを見つめていたのは、その正体を知っていたからだったのか。推しの人物が食べていたものを目の前に出されたら、そんな反応にもなってしまうのかもしれない。

「母上、大丈夫ですか？」

「ああ、レナード、なんだか恐ろしい姿をしたゴーレムを見たような気が……」

「あ、お母様、それは私が召喚したゴーレムです。正確にはゴーレムではないのですが」

お母様の角度から見えない位置でテツジンのデストロイモードを解除させる。もちろん還(かえ)したりはしない。今の俺の守り神はテツジンしかいないのだから。

お母様に事情を説明してからテツジンを紹介する。今のテツジンは通常状態に戻っているので、先ほどのまがまがしさはない。言うなれば、気のよいおじさんのようである。さすがはテツジン・シェフ。

「なんだかさっき見たゴーレムと違うような気もするけど、ルーファスがそう言うのならそうなのね」

う、よく見ているな、お母様。すぐに気を失ったはずなのに、しっかりと観察していたようである。そんなゴーレムをコンコンとたたき、その触り心地を確かめていた。

テツジンの中は空洞なのか、なかなかよい反響音が響いていた。まさか、ハリボテ？

「プリンという甘味が食べたくて呼び出しました。私たちだけで食べるのはもったいないと思って、料理長に教えたのですよ」

「母上、プリンはすばらしい食べ物ですよ。ささ、冷めないうちに食べてみて下さい」

ギリアムお兄様は混乱している。

プリンは元から冷めているんだよな〜。むしろ、温かいプリンの方がなんか違う気がするくらいである。温かいプリンとかあるのかな？

そんなことを思っている間に、お母様がパクリとプリンを食べた。

それにつられてなのか、お父様もレナードお兄様もプリンを食べた。

三人の目がカッと見開かれる。目と口から光が発せられることはなかったが。

「なにこれ、うまっ！」

おおよそ第二王子らしからぬ言葉を発した。そこがレナードお兄様のよいところであり、国王の座に座れない理由でもある。レナードお兄様が王位につけば、国王陛下としての威厳など、あっという間に霧散してしまうだろう。

……もしかすると国王の座につきたくないがためにわざとやっているのかもしれないけど。

「フム、確かにおいしいな。この柔らかくて、ほどけて溶けていくような食感はすばらしい」

「ええ、ええ、とてもおいしいわ。なんだか幸せになる食感と味ね」

みんながほっこりとしている。これはもしかしなくても許された気がする！　お母様を卒倒させてしまったが、そのきっかけを作ったのはお父様だからね。お父様が責めるような声を出さなければ、テツジンを呼び出すこともなかったのだ。

「ルーファス、このテツジンは他にも古代人の食べていた料理が作れたりするのかな？」

「例えばどんなのですか？」

地球にいたころに食べたことがある料理の名前をあげるのは簡単だ。だが、その料理名によっては、ギリアムお兄様でさえも知らない可能性がある。

そんな名前を出したら、ギリアムお兄様がぜひ食べてみたいと言いかねない。そしてお父様がなぜその名前を知っているのかと尋ねてくるだろう。間違いない。

「そうだな、甘いお菓子なら、シュークリームとか、みたらし団子とかかな？」

「みたらし団子!?　そんなものまであったんですか？」

「おや、ルーファスは知っているみたいだね」

しまった。いきなりの和菓子に思わずツッコミを入れてしまった。だって団子の名前が出るとか思わなかったんだよ。これならあんこもありそうだな。

「えっと、まあ、そんな名前があったような気がして……それよりも、たぶん、どちらも作れると思います。作れるよね？」

『マ』

「作れるそうです」

本当に？　みたいな顔をしているギリアムお兄様たち。俺がテッジンと会話しているのを不思議に思っているようだ。

俺とみんなは以心伝心。たとえ言葉が一文字であろうとも、問題なく思いは伝わるのだ。

まあ、それとは別に、俺が召喚した魔法生物なので、俺の記憶の中にある料理は全部再現することができるだろうという考えもあるのだけれどね。あやふやな知識でも、ちゃんとプリンを再現してくれたのだから。

「それならぜひ食べてみたいところだね。父上も母上もレナードも、そう思うでしょう？」

「確かに気にはなるな」

「食べてみたいわね。ギリアムがすぐに名前をあげるくらいだから、その時代でも人気のお菓子だったのでしょう？」

「疲れたときに甘い物を食べると元気になるからね。それが食べたことのないお菓子なら大歓迎だ」

三人とも、ギリアムお兄様の意見に賛成のようである。これなら作ってもよさそうだな。シュークリームもみたらし団子も料理長に作り方を教えてあげれば、そこからたくさんの人に伝わることになるだろう。

そこで俺が呼び出した魔法生物が再現したものですよ、と宣伝してもらえれば、召喚スキルの宣伝効果もバッチリだ。俺は座して目的達成である。召喚スキルの宣伝のために、東奔西走しなくてすむぞ。

「分かりました。それでは明日にでも、料理長と一緒に再現してみますね」

「よろしいのですか、第三王子殿下？」

「もちろんだよ。俺は料理長の腕に絶大な信頼を寄せているからね。習得したら、みんなにも作り方を教えてあげてね。俺のものはみんなのものだから」

ニッコリと笑いかける。おだててホイ、である。人それを丸投げと言うかもしれない。でも俺はこの国の第三王子。ちょっとくらいのわがままなら、権力のごり押しでなんとでもなるのだ。ワッハッハ。

「第三王子殿下……ありがとうございます。必ずや、そのご期待にお応えいたします」

ウウッ、と声が聞こえる。まずい、料理長をまた泣かせてしまった。貴族がいつもやるような、ちょっとしたテクニックなのに。

みんなもするよね？　と家族みんなを見ると、なぜか感動したように瞳を潤ませていた。

なんだか俺が思っていたのと違う反応をしているような気がする。そんなにかっこいいことを言ったつもりはないんだけどな。みんな何かを勘違いしてない？　そう思いつつも、聞くのが怖いのでそのままにしておいた。

そんなこんなで、明日、みんなにシュークリームとみたらし団子を試食させることで決着がついた。なかなか有意義な夕食だったと思う。

あとは風呂に入って寝るだけになった俺は、部屋に戻るといつものようにみんなを呼び出した。

「みんな、プリンはどうだった？」

『不思議な感じでしたね。あれが〝食べる〟ということと、〝甘い〟ということだったのでしょう』

よほど気に入ったのか、ラギオスがウットリした表情でそう言った。それは甘い以外にも感じていることがあるかもしれないな。

「他にも〝おいしい〟と〝幸せ〟も混じっているかもしれないね」

『なるほど、確かに若様の言う通りかもしれませぬな。それがしも極上の甘味を食べることができて、胸がいっぱいになりました。これがきっと、幸せということなのでござろう』

ウンウンとカイエンがうなずいている。ピーちゃんとおチュンも、そろって首を縦に振っている。

みんなの顔が真剣な様子になっている。そんなに感慨深いこと言ったっけ？　もしかすると、魔法生物はその辺りの感覚が少し鈍いのかもしれないな。

セルブスとララが呼び出した魔法生物には感情もないみたいだった。なるほどね。お父様への報告が、また一つ増えそうだ。

「魔法生物とのコミュニケーションの取り方か。俺がやっているみたいに、普段から魔法生物を召喚して話をしたり、一緒に食べたり、笑ったりすると、自分の考えで動くようになるのかもしれないな。よし、明日からセルブスとララに試してもらおう」

二人が呼び出した魔法生物は、見た目は俺が呼び出した魔法生物と同じである。それならば、俺と同じように魔法生物と接することで、お互いの理解が深まり、感情が芽生えるのではないだろうか。

実際に今も、食べ物を食べさせたことで新しい感情を獲得しているように思える。もしかすると、魔法生物の真価はまだまだ発揮されていないのかもしれない。

それなら俺がその真価を引き出してあげなければならないな。だって、俺の大事な相棒たちだからね。

翌日、セルブスとララにも昨日の考えを教えるべく、召喚ギルドへと向かった。

「おはよう、セルブス、ララ」

「おはようございます、ルーファス王子」

「おはようございます、ギルド長」

「さっそくなんだけど、二人に聞きたいことがあるんだ」

「なんでしょうか？」

首をかしげる二人に、召喚ギルド以外で魔法生物を呼び出しているかを尋ねた。

セルブスは家族の前で新しく習得した魔法生物を呼び出したことがあるらしい。だがそれもほんの少しの時間だけだったようだ。ララに関しては召喚ギルドの室内だけだそうである。

俺の推論はそれなりに当たっているのかもしれないな。そうなると、セルブスとララが召喚する魔法生物にも心を持たせることができるかもしれない。

そんなわけで、二人に俺の考えていることを話した。もちろんビックリされた。

「そのようなことは考えたことがなかったですね。魔法生物を家族のように扱うですか。確かにルーファス王子は、いつもそうしておりますな」

「ギルド長の魔法生物が特別なんだと思っていたのですが、そうではなかったのですね」

二人が感心している。そしてララの口ぶりからして、どうやら特別だと思っていた対象が、魔法生物から俺へとシフトしたようである。

つまり、俺が特別な存在になってしまったってこと。

違う、そうじゃないぞ、ララ。確かに俺は特別かもしれないが、それはセルブスとララも同じだし、なんならバルトとレイも同じだ。生きている人はみんな特別な存在なのである。

でも、今こんなことを言っても理解されないだろうな。俺はこの国の第三王子だし、その時点で特別な存在だもんね。封建社会で〝みんな平等に価値があります〟なんて思想は通用しないだろう。

そのうちみんなに理解してもらえるといいな。

「そういうわけだからさ、これから二人も召喚スキルを使うときは意識してみてよ。もしかすると、何かが変わるかもしれないからさ」

「承知いたしました」

「分かりました」

この世界にペットを飼うという習慣があればよかったのに。俺は改めてそう思わざるを得なかった。そしたら召喚スキルで呼び出した魔法生物たちも、家族の一員として認識することも簡単だったはずだ。

これは思った以上に、召喚スキルのすばらしさを広めるのは難しそうだぞ。先が思いやられるな。それでは今日も元気よく召喚ギルドでの仕事を、と思ったところでバルトから待ったがかかった。

「ルーファス様、お忘れではないでしょうか？」

「何を？」

「シュークリームとみたらし団子を王族の方々に試食していただくというお話のことです」

「そうだった、忘れてた」

ナイスバルト。ワンポイントあげよう。朝食の席で一言も話題に出なかったから、完全に忘れてしまっていた。

もしかしてみんなも忘れてる？　いや、他はともかく、ギリアムお兄様に限ってそれはないか。ギリアムお兄様が召喚ギルドに襲撃を仕掛けてくる前に、ちゃんと役目を果たしておこう。そうでないと、暴走したギリアムお兄様が、またダイニングルームで素振りをすることになってしまう。

そろそろ調理場も朝食の片づけが終わった頃合いだろう。料理人たちが遅い朝食を食べているかもしれないが、それでも大した問題にはならないはずだ。

「バルト、レイ、調理場へ行くよ。セルブス、ララ、行ってくるね」

「行ってらっしゃいませ」

「あ……」

ん？　どうしたんだ、ララ。そんな悩ましげな声をあげて。もしかして、シュークリームとみたらし団子を食べてみたかった？　もう、しょうがないなぁ。

「予定を変更する。ルーファス・エラドリアの名において命じる。顕現せよ、テツジン・シェフ！」

『マッ！』

「シュークリームとみたらし団子を作ってほしい。材料を教えてもらえるかな？」

『マ』

テツジンが紙にペンを走らせる。そんな俺たちの様子を見て、ララが申し訳なさそうにしていた。

このままではよくないな。できる男はさりげなく女の子をフォローするのだ。

「調理場で料理人たちに作ってもらう前に、まずはここで試食しよう。口に合わなかったら困るからね。みんなには申し訳ないけど、実験台になってもらうよ」

「それはそれは。お手柔らかにお願いしますよ、ルーファス王子」

「が、頑張ります！」

すべてを察したような顔をしたセルブスが冗談交じりにそう言った。バルトとレイも異論はないようで、にこやかに笑っている。

よしよし、これでララの腹ぺこ疑惑は一掃されたはずだぞ。

「レイ、この食材を調理場からもらってきて」

「承知いたしました」

一礼すると、レイが風のように去っていった。どうやら素早さは、バルトよりもレイに軍配があがりそうである。その代わり、バルトは体格がいいので、ディフェンスには定評がありそうだ。

レイが戻ってくるまでの間に、トラちゃんの中から加熱調理器具を取り出しておく。そしてみんなも呼び出しておく。みんなにもシュークリームとみたらし団子を食べてもらいたいからね。

俺がみんなを呼び出しているのを見て、セルブスとララも自分たちの魔法生物を呼び出し始めた。まだまだぎこちない動きではあるが、慣れれば意識せずとも呼び出してモフモフしようと思うことになるだろう。

『あの、主(あるじ)、何か用があって呼び出したのですよね？』

「そうだよ。ラギオスをモフモフするために呼び出したんだよ」

『それでは……ベアードは？』

「ベアードは吸うためだよ」

あ、ラギオスが遠い目をして天を見上げている。それにつられてベアードたちも天を見上げ始めた。だがそこには天井しかなかったので、しきりに首をかしげている。

もしかすると、理由もなく魔法生物を呼び出すのは俺が初めてなのかもしれないな。そして創造神は、それも見越して俺をこの世界に転生させたんだろう。魔法生物の進化のために。

「みんなにもおいしいものを食べさせてあげるからね」

『昨日食べたプリンとはまた違うみたいですね。どんなお菓子なのか楽しみです』

『甘いのですよね？　甘いお菓子は、なんだか幸せな気持ちになります！』

ラギオスとトラちゃんは特に甘いお菓子が気に入ったようだな。他のみんなをそれとなく観察してみると、なんとなくそわそわしているように見える。口には出さないけど、気にはなっているみたいだ。

フム、呼び出したマーモットをセルブスがなでているな。なでられたマーモットが少し首をかしげている。

いいぞ、これ。マーモットが自らの意思で反応しているという証拠である。セルブスもそれに気がついたのか、先ほどよりもワシャワシャし始めた。ちょっと楽しそう。

ララは召喚したバードンを二本の指へ交互に乗せて歩かせていた。その足元ではマーモットが上を見上げ、その様子を観察している。

もしかして、少しずつだけど魔法生物を同時に動かせるようになってる？

まさかこんなに早く効果が現れるとは思わなかった。この調子だと、それほど時間をかけずに、複数体の魔法生物を同時に行動させることができるようになるかもしれない。

そうしてみんなと戯れている間にレイが戻ってきた。料理長を連れて。

「ルーファス様、料理長がぜひとも作っているところを見たいということです」

「急に訪ねてしまって申し訳ありません、第三王子殿下。これからシュークリームとみたらし団子というお菓子を作ると聞きました。どうかその様子を見せていただけませんでしょうか？」

体を直角に曲げる料理長。これは俺が許可するまで、絶対に頭をあげないやつだな。そのキレイな姿勢から、その気迫が伝わってくる。仕方ないな。どのみちこれから作ってもらうことになるわけだし、カモがネギを背負ってきたと思うことにしよう。

「顔をあげてよ、料理長。もちろん構わないよ。試食をすませたら、みんなに作り方を教えるために、調理場へ行くつもりだったからね」

「なんとありがたい！　……ところで、その金属製の箱はなんでしょうか？」

頭をあげた料理長が、すぐにテツジンの隣に置いてある加熱調理器具に気がついた。あ、これはもしかして、まずいやつなのでは？

金属製の箱、すなわち加熱調理器具を凝視する料理長。野生の勘なのか、それが何かしらの調理器具であることを確信しているかのようである。そのまなざしはまるで少年のようだった。見た目は中年を通り越して、おじいちゃんになりつつあるのだが。

「それは、えっと……」

助けを求めてバルトとレイを見る。二人からの意見をもらえば、俺一人が怒られることはないだろう。なんという完璧な作戦。

巻き添えにするわけではない。あくまでも戦略の一つである。

だがしかし、バルトとレイが俺と目を合わせることはなかった。ぐぬぬ。それならセルブスとラに……はちょっと酷か。自分一人で考えるしかなさそうだ。

よし、これがなんなのかを教えてから口止めしておこう。それなら大丈夫。

「これは加熱調理器具という魔道具だよ。分かってはいると思うけど、みんなには内緒だ」

「魔道具……！　も、もちろんです」

どうやらいにしえの時代に魔道具があったことは料理長も知っていたようである。もしかすると、新たな調理器具を求めて、古代人が使っていた〝魔道具の調理器具〟に行き着いたのかもしれないな。

そんな料理長は、俺のかわいい笑顔の前に顔色を悪くしていた。これなら大丈夫だろう。

「この加熱調理器具を使って、テツジンにお菓子を作ってもらうんだよ。まずはシュークリームからにしようかな。頼んだぞ、テツジン！」

『マッ！』

テツジンが動き出した。今回は料理長に教えながらになるので、その動きは緩慢である。本気でテツジンが作ればもっと早く食べられるのだろうが、今は我慢だ。

シュークリームの皮の部分を加熱調理器具で焼いてる間、テツジンが中に入れるクリームを作っている。

『マ？』

「できれば生クリームとカスタードクリームの二層にしてほしいな」

『マ』

任せてくれと言わんばかりに、胸元をコンコンとたたいた。やはり中は空洞なのだろうか。ちょっと気になってきたぞ。

ん？　ララがこちらを凝視しているぞ。

「どうしたの、ララ？」

「いえ、あの、今のでよくテツジン・シェフが言ったことが分かったなと思いまして」

「それはもちろん分かるよ。俺とテツジンは以心伝心だからね」

『マ』

そう言って、空いている手をあげるテツジン。手が四本もあるので、あげ放題だな。

もちろん以心伝心なんてものはない。ただ単に、このタイミングで聞くならそれだろうなと思っただけである。シュークリームの中に入れるクリームが何種類もあることを知っているのは、ここでは俺くらいだろうからね。

それでもララは「なるほど」と素直に納得してくれたようである。ララも以心伝心をしたいのか、マーモットの顔を両手で挟んでジッとその目を見ていた。なんかマーモットをしつけているみたいだぞ。

そうしているうちに加熱調理器具から、香ばしくていい香りが漂い始めてきた。我慢できずに加熱調理器具の近くをウロウロしていると、ララも同じようにウロウロし始めた。

そしてそれにつられて、魔法生物たちも集まってきた。

『これがいい香りというものなのでしょうか？』

「そうだよ、ラギオス。香ばしい香りだね」

『なるほど』

『どんなのが出てくるのか楽しみです』

トラちゃんが目を輝かせているな。料理長も気になったのか、そわそわし始めた。今では召喚ギルドにいる全員がシュークリームの皮の焼きあがりを楽しみに待っている。

チーン！　と甲高い音が鳴り、加熱調理器具が動作を止める。そしてテツジンがその中から例のブツを取り出した。

シュークリームだ！　まだ中にクリームは入っていないけど。懐かしいその形に思わず笑みがこぼれてしまう。そんなことはないと思っていたが、郷愁の心はあったようだ。

そんなシュークリームの皮をみんなで目を輝かせながら見ているうちに、テツジンは次の準備を着々と進めていた。

「第三王子殿下、あの道具はなんでしょうか？」

「あれはこのシュークリームの皮の中に、クリームを入れる道具だよ。あの先端を皮の真ん中辺りに挿して、中に生クリームとカスタードクリームを入れるんだ。さっきテツジンがそう言ってた」

「なるほど。まさかあのような道具があったとは」

感心している料理長。ウソも方便である。実はテツジンが使うだろうと思って、ひそかにトラちゃんの中から取り出していたのだ。

なぜひそかになのかについては、俺がその道具のことをあらかじめ知っていたら、疑問に思われる可能性があるからである。

俺に前世の知識があることをギリアムお兄様が知ったらどうなることやら。考えるだけでも恐ろしい。

俺が一人で震えている間にも作業は進んでいく。四本の腕で手際よくクリームを注入していき、ついに念願のシュークリームが完成した。

さすがはテツジン。どう見ても、有名店のシュークリームである。

『マ』

「よくやったぞ、テツジン。最高だ！」

『マ！』

俺にほめられてうれしそうに目を光らせたテツジン。見た目はブリキのロボットでも、しっかりと感情はあるのだ。

完成した、光り輝くシュークリームを見て、その場にいた全員が目を輝かせている。もちろん俺も同じ顔をしているはずだ。

「それじゃ、さっそく試食することにしよう。数はあるからね。みんなも食べてよ」

遠慮している使用人たちにも声をかけて、みんなで食べることにする。おいしい物はみんなで食べることで、もっとおいしくなるのだ。

シュークリームを手に持ったみんなの視線が俺に集まった。どうやら俺が食べるのを待っているようである。それじゃ遠慮なく。

「テツジン、シュークリームをいただくよ」

『マッ！』

中のクリームに届くように大きく口を開けてかぶりついた。非常に行儀は悪いが、この食べ方が一番シュークリームをおいしく食べられる方法だからね。

「おいしい！　最高だよ、テツジン！」

思わず顔がほころんだ。今の俺の後ろには後光が差していることだろう。それくらいおいしかったし、懐かしかった。

俺がシュークリームを食べたのを見て、他のみんなも食べ始めた。

「サクッとして、トロッとして、これはプリンとまた違いますがおいしいですね」

「甘くておいしいです」

「生クリームとカスタードクリームの二層……なるほど、こういうことでしたか」

セルブスとララにも好評のようだ。料理長はしっかりと味わうように口を動かしながら、しきりにうなずいている。バルトとレイや使用人たちは無言で食べている。

だがしかし、その顔は笑顔である。みんなで食べると幸せになるよね。

「みんなはどう？」

『おいしいと思います』

『すごくおいしいです。プリンと同じくらい好きです！』

『とても甘くて、幸せになりますな』

『ピーちゃん！』

フム、みんなからの評判も上々のようである。返事がない子たちも、うれしそうに食べている。おチュンもベアードも黙々と食べているな。きっと気に入ったのだろう。

「よくやったぞ、テツジン。これなら家族のみんなに食べさせても問題ないだろう。次はみたらし団子だよ」

『マッ！』

機嫌をよくしたテツジンがノリノリでみたらし団子を作っていく。そしてそれを料理長が、少しも情報を漏らすまいとまばたきもせずに見つめている。ドライアイになるとよくないので、まばたきくらいはした方がいいと思う。

みたらし団子はシュークリームよりも簡単に作れたようである。それほど待たずに、串に刺さったみたらし団子が完成した。おいしそうな茶色のあんも完璧に再現されている。

さすがは俺のイメージから生み出されたテツジンなだけはあるな。まるで俺の中の記憶を読み取ったかのようである。

「これは間違いなくみたらし団子。そしてさすがはテツジン。いい仕事してますね～」

『マッ』

「これがみたらし団子。なんだか不思議な見た目をしておりますな」

そういえばモチもなければ団子もなかったな。どう説明すればいいのだろうか。だがしかし、白玉粉はあったぞ？　どういうことなのだろうか。

「えっと、ちょっと歯とかにくっつくから、気をつけて食べてね」

「モチを作るときに使う素材を使っておりましたからね。まさか粉にして使う方法があるとは思いませんでした」

どうやら俺が見ていないところで、テツジンがモチ米から白玉粉を作っていたようである。四本も手があるからね。きっと同時進行で作業していたのだろう。料理長じゃなきゃ見逃してたね。

「モチなんて料理があるんだ。食べたことがないんだけど？」

「庶民向けの料理ですので、王族の方にお出しすることはまずないですね。それに、万が一、のどに詰まるようなことがあっては一大事です」

どうやら安全のために、あえて出していないようである。そして庶民の間ではモチをのどに詰まらせて亡くなる人が少なからずいるようだ。

もしかして、みたらし団子を食べさせるのはよくないのかな？　でも、一口サイズだし、のどに詰まらせることはないとは思うけど。

「それじゃ、念のためみんなも気をつけて食べてね。たぶん、大丈夫だと思うけどさ」

みたらし団子を手に取った。ズッシリと重い。こんなに重い食べ物だったのか。

一口で食べたいところだったけど、他の人がまねしないように、一玉の半分だけかじった。甘塩っぱくて、とても懐かしい味が口の中に広がっていく。やだもう泣きそう。

「うまい。とってもモチモチしてる」

そんな俺の様子を確認したみんなが、同じように半分だけかじる。よしよし、これで〝みたらし団子殺人事件〟は起こらないはずだぞ。

しっかりとモグモグするみんな。その目は真剣だが、口角は上がっている。

「これもまたおいしいですな。まさかモチ米にこんな使い方があるとは思いませんでした」

「この茶色のドロッとしたものもおいしいですね。甘くて、少ししょっぱいです」

「しょうゆを混ぜているからでしょうね。なんだか癖になる甘さです。おいしい」

みたらし団子の評判もなかなかいいみたいだ。これまで食べたことがない食べ物であったことも、好印象を与えている要因の一つなのだろう。

これならどちらもお父様たちに食べさせても問題なさそうだ。どちらかと言えば、シュークリームの方が人気が出そうな気がするけどね。

その反面、みたらし団子は庶民の間で流行しそうな気がする。

『気をつけて食べないと、毛にくっつきますね』

『フム、一口で食べると、のどに詰まりそうですな』

『ピーちゃん……』

『チュン……』

どうやら鳥型のピーちゃんとおチュンには、みたらし団子は食べにくかったようである。ネットリしてるもんね。それにラギオスとカイエンも苦戦しているようだ。

みたらし団子は相手を選ぶ食べ物だな。特にくちばしを持った鳥系統の魔法生物とは相性が悪そうである。口が小さいもんね。それにベッタリとくちばしが引っ付きそうで怖い。

「無理して食べなくてもいいよ。その代わりにシュークリームを食べて」

『私はシュークリームの方がいいですね』

『それがしもです』

『ベアッ』

どうやら魔法生物たちに受けがいいのはシュークリームのようだな。

つまり、魔法生物に食べさせるときには、食べやすさを重視するべきだってこと。

いい勉強になったぞ。

ちなみにみたらし団子はモチを食べる習慣があるセルブスとララ、バルト、レイ、料理長、使用人たちに人気だった。もちろん俺も好きである。

そしてどうやら、彼らにはシュークリームが高級品のように思っているようだった。カスタードクリームを作るのにも一手間かかっているし、作り方もみたらし団子よりも複雑だからね。しょうがないのかもしれない。

シュークリームとみたらし団子を堪能したところで、料理長も作ってみたいということになった。もちろん許可する。料理長が作った甘味はお父様たちに試食してもらうことにしよう。

この時間から作れば午前中のお茶の時間に食べてもらうことができるからね。

加熱調理器具の使い方を料理長に教えつつ、シュークリームとみたらし団子を作ってもらう。

ふと思ったんだけど、料理長は自分の仕事は大丈夫なのかな？　片づけや昼食の仕込みなんかがあると思うんだけど。まあいいか。怒られるのは俺じゃないし。たぶん。

そうこうしている間に、追加のシュークリームとみたらし団子が完成した。さすがは王宮料理人の長なだけあって、一度で完全に再現していた。これには脱帽である。俺が作ったら、似て非なるものができあがっていたはずだ。

「さすがは料理長、とってもおいしそうだね。これなら国王陛下たちも喜んでくれるよ」

「ありがとうございます。これも第三王子殿下とテツジン様のおかげです」

いつの間にかテツジンが様づけになってるな。今の料理長にはテツジンが神のように見えているのかもしれない。俺からすると、どう見てもブリキのロボットなんだけどね。

料理長はさっそくお父様たちに食べさせるみたいである。完成した甘味を持って、いそいそと召喚ギルドから出ていった。

これで今後は料理長がシュークリームとみたらし団子を作ってくれることになるだろう。そして他の料理人たちにも作り方を広めてくれるはずだ。

この世界に新しいお菓子が誕生したぞ。やったねテツジン！


その後は召喚ギルドでの仕事をしつつ、セルブスとララの指導をしつつ、時間を過ごした。

「お昼までには少し時間があるな。ちょっと食べすぎたので、運動してからそのまま昼食へ向かうよ」

「行ってらっしゃいませ」

「お気をつけて下さいね」

二人に見送られて召喚ギルドをあとにする。そのさい、一瞬だけララが自身のおなかに目を向けたのを俺は見逃さなかった。

特におなかが出ているようには見えなかったけど、触ったらプニプニするのかな？　分からぬ。

さすがにみんなを連れていくわけにはいかなかったので、今日のところはラギオスとピーちゃんだけにしておいた。他のみんなには還ってもらっている。

おいしい物も食べたし、みんな満足そうだった。

「魔法生物は太らないからいいよね。いいな～いいな～魔法生物っていいな～」

『それはそうかもしれませんが、太った姿を想像して呼び出せば、そのような姿になるのではないでしょうか？』

『ピーちゃん？』

「確かにそうかも。絶対にイメージしないようにしよう。太ったラギオスもかわいいとは思うけどさ」

『やめて下さいね？』

ニッコリと笑うラギオス。その笑顔がなんだか怖い。お父様はいつもラギオスからこんな笑顔で見られていたのか。これからはなるべくお父様に魔法生物たちをけしかけないようにしよう。

ラギオスの黒い笑顔に震えていると、後ろから足音が近づいてきた。ラギオスとピーちゃんが反応しないところを見ると、危険人物ではなさそうだ。だれだ？

「だれが太ったですって？」

「お母様！」

お母様だった。その手にはレースがふんだんにあしらわれた日傘を持っている。普段は使用人が持っているのに、なぜ。そして服装も、いつもよりも動きやすそうなものを着ている。そのままヨガくらいはできそうだ。

「ルーファス、あなたはまた、とんでもないものを生み出したわね。あのシュークリームも、みたらし団子も、どちらもとてもおいしかったわ。思わずおかわりしてしまうくらいにね」

ニッコリ笑うお母様。どうやらどちらも堪能してもらえたようである。そして、堪能しすぎたようである。

つまり、食べすぎたってこと。

「喜んでもらえてよかったです。私も食べすぎてしまって、こうして運動しているところですよ」

「ええ、ええ、そうでしょうね。国王陛下も気に入って、いくつも食べていたわ。珍しい」

そのときの光景を思い出したのか、お母様が遠くの景色を見ている。一体、いくつ食べたんだ、お父様。お母様があきれるほどって、よっぽどだぞ。

思わずお母様と一緒に遠くの景色を見ていると、不意にお母様の視線を感じた。

「そういえば、国王陛下が料理長と一緒にプリンとシュークリームとみたらし団子を売りに出そうと話してたわよ。ルーファスの名前で」

「ナンデ!?」

確かにプリンとシュークリームとみたらし団子が世間に広まってほしいとは思うけど、そこに俺の名前は入れてほしくない。

それって考案者が俺ってことになるんだよね？　全然違うぞ！　入れるなら、テツジンの名前になるはずだ。

「あら、驚くことでもないわよ。古代人が食べていたものをこの時代に再現したんですもの。それだけでもすごく価値があるわ。それに加えて、とってもおいしい。これはもう、世界中に広めるべきよ」

なるほど、世界中にプリンとシュークリームとみたらし団子を広めると同時に、エラドリア王国の名前も広めようというわけか。そのためには、エラドリア王国の第三王子である俺の名前が入っていた方が都合がいいのだろう。

超古代文明時代のものを再現する力を持っているとなれば、他国もエラドリア王国に一目を置くことになる。そうなると、それだけエラドリア王国の国力が強まることになるのだ。

これは断れそうにないな。国としての戦略に組み込まれてしまっているからね。ヤレヤレだぜ。

そのままお母様と一緒に庭を散歩することにした。もちろん、ダラダラと歩いていても運動にはならないので早足だ。庭園にいた貴族たちからは視線を感じたが、そんなの関係ねぇ。おなかをプニプニにするわけにはいかないのだ。

つまり、王族も大変ってこと。

「なんか、いつもよりも見られている気がしますね」

「それはそうでしょうね。速く歩いているのに加えて、ラギオスちゃんが小走りで寄り添っているものね」

「そうでした」

見た目はほぼ子犬なのだが、角があるからね。どう見てもイヌには見えない。俺が遊びで子犬に角の模型をつけていると思われていれば、ほほ笑ましく思われるだけですむかもしれないけどね。でも、動物と一緒にいる時点で変わった子供に思われるか。この世界にはペットを飼う習慣がないからね。

『還った方がいいでしょうか？』

「気にしなくていいよ。こうしてラギオスとピーちゃんと一緒に散歩するのが夢だったからさ。今度は他のみんなも連れて散歩したいね」

ウソではない。この世界に生まれてからこれまでの間に、何度、ペットを飼いたいと思ったことか。そしてどれだけ一緒に過ごしたいと考えたことか。

今、その夢がかなっているのだ。それも、俺が思い描いていた生き物の姿をして。

「それはもちろん構わないけど、少しずつにしてちょうだいね。いきなりだと周りのみんながビックリしちゃうわ」

そう言ってお母様が目配せすると、こちらを見てヒソヒソしている貴族たちの姿があった。

召喚スキル自体が珍しいからね。魔法生物を見たことがない人の方が圧倒的に多い。そんな人たちにこれから召喚スキルを広めていくのは結構大変かもしれないな。

それこそ、国中を回って周知する必要があるかもしれない。このまま王城に閉じこもっていても、召喚スキルの認知度アップは難しいだろう。この辺りはセルブスとララにも意見を聞いてみた方がよさそうだ。


いい汗をかいた俺たちは部屋に戻ってしっかりと汗をふいて着替えた。汗臭い王族は嫌われるのだ。俺もお母様のように、汗をかいてもいい服に着替えてから運動をするべきだった。

ダイニングルームへ向かう。そこではすでに昼食の準備が整いつつあった。今日のお昼はなんだろうな。さすがに昼食のメインディッシュにシュークリームとみたらし団子が出ることはないと思うけど。

そういえば、ギリアムお兄様はもう食べたのかな？　もしそうなら、にぎやかな昼食の時間になりそうだぞ。

一番に到着したのは俺だった。お兄様たちも仕事があるからね。きっと俺なんかよりもずっと忙しいのだろう。召喚ギルド長という役職くらいでは、まだまだというわけだ。

ラギオスとピーちゃんと遊んでいるうちにお母様がやってきた。

「あらルーファス、早かったわね」

「男ですからね。着替えるだけなので、そんなに時間はかかりませんよ」

「ルーファスもレナードと同じようなことを言うわね。男でも、ちゃんと自分を磨かなきゃダメよ？　女の子に相手にされなくなったらどうするの」

そういえばあまり考えたことがなかったな。これでも王族なので、自分磨きをした方がいいのだろうか？　お父様は俺をどうするつもりなのかな。自由に恋愛してもいいのだろうか。ダメだよね。この世界では王侯貴族は政略結婚が主流だもんね。

「私のお相手はお父様が見つけてくれるのではないですか？」

「ルーファス、男なら、好きな女の子をさらうくらいの気概がないとダメよ？」

「……善処します」

お母様、もしかして恋愛小説をガッツリ読んでいる系女子ですか？　お母様の書庫にどんな本が並んでいるのか、非常に気になる。立ち入り禁止で入れないけどさ。

本当にそんなことをしてもいいのだろうかと思いつつ、微妙な時間を過ごしていると、ギリアムお兄様とレナードお兄様がそろって入ってきた。何か話し合いでもしていたかのようである。

「遅くなってしまいましたかね？」

「視察の話をお兄様としていたら、ちょっと遅くなってしまいました」

「問題ないわよ。国王陛下がまだいらっしゃっていないもの」

「最近は国王陛下と一緒に食事を取る機会が増えましたね。実にいいことです」

そう言いながら二人が席に座った。この感じだと、二人ともまだシュークリームとみたらし団子を食べていないみたいである。その話題を出すべきが、出さないべきか。

「今日はラギオスとピーちゃんも一緒なんだね」

「もちろんですよ。今日は二人が護衛です」

ギリアムお兄様の問いに、ラギオスとピーちゃんの頭をなでながらそう答えた。二人がいれば、たとえお父様でも、俺に強く物申すことはできないのだ。俺の最強の守護者である。本当に助かる。

「護衛……ルーファス、また何かやったのかい？」

「レナードお兄様、またとはなんですか、またとは」

「あら、あながち間違っていないのじゃないかしら？」

「お母様まで」

まるで俺をからかっているかのように、ニンマリと笑うお母様。その笑顔はイタズラ少女そのものである。本当に若いよね、お母様。子供が三人いるとは思えない。そしてそのうち二人は成人しているのだ。お母様って、実はエルフだったりしないよね？

頼れる相棒のラギオスとピーちゃんをワシャワシャしていると、満面の笑みを浮かべたお父様が入ってきた。

思わず〝何かいいことでもあったのですか？〟と聞きたくなりそうなほどである。だが俺は知っている。その笑顔の原因を。

それってシュークリームとみたらし団子を食べたからですよね？　ああ、ギリアムお兄様とレナードお兄様が首をかしげている。お母様もそれを察したのか、扇子で口元を隠していた。

どんな顔をすればいいのか分からないのだろうな。俺も分かんない。

上機嫌のお父様が席に座ると同時に、昼食が運ばれてきた。

ホッ。どうやらメインディッシュがシュークリームとみたらし団子という、恐ろしい組み合わせにはなっていないようだ。そこはさすがの料理長。ほめてあげよう。

今日のメインディッシュは野菜たっぷりスープだ。もちろんお肉も入っているぞ。口の中に入れるだけでホロホロと崩れて、とても美味である。別のお皿に添えてある焼き豚もジューシーで非常にグッド。シャキシャキの葉物野菜で包んで食べると最高の一品になるぞ。

みんなで仲良くモグモグしながらも、やはりお兄様たちは気になったようである。ちょうどよく区切りがついたところで、ギリアムお兄様がお父様へと向き直った。

「父上、なんだかとてもうれしそうですが、何かあったのですか？」

「ふふっ、まあな。二人もそのうち分かるさ」

思わず笑いがこぼれたお父様。そんなにお気に召したのか。どっちだ？　シュークリームか、それともみたらし団子なのか。

ふと考え込んで下げていた目線を上げると、ギリアムお兄様とレナードお兄様の目がこちらを向いていた。

二人とも俺が原因だと思ってますよね？　それ完全に当たりですよ。そのうちみんなから〝やらかし王子〟と呼ばれるようになるかもしれない。これまではレナードお兄様が〝やらかし王子〟だったはずなのに。ただただ無念だ。

そんな二人にお母様が問いかけた。

「二人は視察の話をしていたそうね。今度はどこへ行くのかしら？」

「今回はフルート公爵領の視察に行く予定です」

フルート公爵家はエラドリア王国にある四大公爵の一つである。なぜか楽器の家名を持っており、そして実際にフルートという楽器も存在している。もしかして開発者だったりするのかな？　真相は不明である。

「レナードお兄様、何か問題でもあったのですか？」

「ここだけの話だけど、最近ちょっと勢いが衰えているみたいでね。そこで王族である俺がフルート公爵家を訪ねて、勢力をもり立てると共に、活を入れようと思っているんだよ」

「なるほど、王族が直々に領主の屋敷へ訪れるだけでも話題になりますからね」

そうして王族とのつながりが強いことをアピールすれば、再び勢力を盛り返すのも少しは楽になるはずだ。四大公爵が落ちぶれてしまっては色々と問題だろうからね。

フルート公爵領への視察か。これはチャンスかもしれないぞ。

「レナードお兄様、その視察に私もついて行ってもいいですか？」

「うーん、とりあえず、目的を聞こうかな？」

笑顔のレナードお兄様がそう言った。あの笑顔は作り笑顔だな。俺には分かるぞ。自分の仕事が増えそうだぞ、と思っているのかもしれない。そんなことはないぞ。

「召喚スキルのことを、もっと色んな人にも知ってもらおうと思ってます。このままだと、いつまでたっても、私のかわいい魔法生物たちを外に連れ出すことができませんからね」

「……それって必要？」

あ、そんなこと言っちゃうの？　めちゃくちゃ必要なのに。

だが、俺が創造神から召喚スキルの認知度をアップするようにとの勅命を受けた話は、お兄様たちは知らないはずである。どうしたものか。ここで言ってもいいんだけど。チラリとお父様の方を見る。

「レナード、ルーファスも連れていくように。そろそろルーファスにも外の世界を見せてもいいだろう。いつまでも城に引きこもらせているわけにはいかないからな」

ナイスお父様。さすがである。創造神からの勅命の話が効いたのか、それとも新たな甘味が効いたのか真相は不明だが。

お父様から頼まれてはさすがのレナードお兄様も断ることができない。首を縦に振るしかないのだ。

「分かりました。王命というのであればルーファスも一緒に連れていきましょう。ルーファス、俺の言うことをしっかりと聞くように」

「もちろんですよ」

「本当かなぁ〜」

苦笑いするレナードお兄様。

ちょっと、かわいい弟に対する扱いが雑になってきてるんじゃないの？　俺はそんなにトラブルメーカーじゃないから。どちらかと言えば、レナードお兄様の方がトラブルメーカーですからね。

そんなこんなで昼食も残すはデザートだけになった。そして運ばれてくるシュークリームとみたらし団子。国王陛下の前にはシュークリームが三つある。どうやら国王陛下が気に入ったのはシュークリームのようである。

「こ、これはもしかして、シュークリームとみたらし団子ですか!?」

ギリアムお兄様が歓喜の悲鳴をあげた。そしてシュークリームとみたらし団子にほおずりしている。あ、みたらし団子のあんがほっぺたにベッタリとついてるぞ。その姿を見れば、百年の恋も冷めそうだ。

「これがお兄様が言っていたシュークリームとみたらし団子か。どちらもおいしそうだね」

「どちらもおいしいが、特にシュークリームがいいぞ。なんと生クリームとカスタードクリームの二層になっているのだよ。そうだよな、ルーファス？」

「え、ええ、その通りです」

ギンギラギンに目を輝かせたお父様。どうやらギリアムお兄様はお父様似だったようである。そんなお父様を見て、思わず苦笑いしそうになるのをこらえる。お母様の扇子の下は苦笑いなんだろうな。俺も扇子を持とうかな？

「なるほど、やはりルーファスが関わっていたのか」

「レナードお兄様、やはりとはなんですか。私はテツジンに指示しただけですよ。ほめるならテツジンをほめてあげて下さい」

「……魔法生物がやったことは、その主の責任になるんじゃなかったっけ？」

ナイスツッコミ。その通りである。

つまり、元をたどれば俺の責任だってこと。

レナードお兄様の目はごまかせなかったか。やはりレナードお兄様は脳筋ではなかった。ちょっと安心した。

運ばれてきたシュークリームとみたらし団子を食べていると、お父様がこちらを向いた。そういえば、このお菓子をどう広めるのかの話があるみたいだったな。

食べている手を止めた。

「ルーファス、このシュークリームとみたらし団子を、国が主導となって国民たちへ広めたいと思っている。もちろん、先日のプリンもな」

「よい考えだと思います。作るのもそれほど難しくはないみたいですし、国民たちもきっと喜んでくれるはずです。この国にはまだまだお菓子の種類が少ないですからね」

俺の答えに、ウンウンと満足そうにうなずくお父様。これでよし。これで丸っと他の人に投げることができるぞ。きっと王宮料理人たちが先頭に立って、広めてくれることだろう。

「それでは、ルーファス印のお菓子として、国民たちに、そして国外にも売り出すとしよう」

「あの、別に私の名前をつけなくてもよいのではないでしょうか。エラドリア王国印ではダメなのですか？」

無理だとは思うが、できることなら拒否したい。なぜなら、俺印のお菓子なんかにしたら、みんなから〝お菓子王子〟と呼ばれるようになってしまうかもしれないからだ。それはちょっと嫌だぞ。なんだかプニプニしてそうだ。〝やらかし王子〟よりかはマシかもしれないけどさ。

どうせなら〝召喚王子〟にしてもらいたいところである。そっちなら召喚スキルの宣伝にもなるからね。

「料理長の希望なのだよ。料理人たちも賛成だそうだ。これからも新しい料理を教えてほしいということだな」

「いやだから、それはテツジンが……」

だがしかし、この言い訳が通用しないことは先ほど証明されてしまった。魔法生物がやったことは、召喚主の責任になるのだ。命令しないと魔法生物は動かないので、当然と言えば当然なんだけどね。

「あれ？　フルート公爵領に行くのは、そろそろルーファスも表に出る必要があると考えているからじゃなかったっけ？　それならこの話はちょうどいいんじゃないかな」

ぐぬぬ！　レナードお兄様め。これはさっきの仕返しだな？　なんて器の小さい男なんだ。この借りは必ず返すぞ。

「分かりました。それではその方向でお願いします」

「ルーファスならそう言ってくれると思っていたぞ」

愉快そうに笑うお父様。きっと新しいお菓子を再現した褒美のつもりなんだろうな。

どうせならみんなと自由に遊べる広場が欲しかった。そしたらみんなと楽しく過ごすことができるのに。


ちょっと肩の荷が重くなってしまったが仕方ない。気持ちを切り替えていかないとね。

そんなわけで、午後からは自分の仕事に専念することにした。それはもちろん、ギリアムお兄様から届いた、山のような目録の調査だ。やってもやっても山が小さくならないのが最近の悩みである。

……実はひそかに追加してないよね、ギリアムお兄様？

「トラちゃん、いつものように協力をお願いね」

『分かりました』

『今日はずいぶんとやる気ですな』

「まあね。近いうちに出かけることになるから、それまでにある程度のことを終わらせようと思ってね」

カイエンにそんな話をしていると、気になったのか、バルトとレイ、そして、セルブスとララが集まってきた。

そこで、昼食の時間に出た話題をみんなにも話しておく。情報の共有は大事だからね。特に召喚ギルドには俺を含めて三人しかいないのだ。俺がいない間の仕事をお願いしなければならない。

俺の話を聞いたバルトが大きくうなずいている。

「フルート公爵領へ視察ですか。大まかな準備はレナード様が整えて下さると思いますが、だからといって我々が何もしないわけにはいかないでしょう」

「ルーファス様、もちろん私たちも一緒に行くことになるのですよね？」

ちょっと不安そうな顔をしているレイ。もしかして、フルート公爵領へ行きたくないのかな？何か因縁(いんねん)があるような話は聞いていないんだけど。

「もちろんだよ、レイ。二人とも一緒に来てくれるかな？」

「もちろんです！」

「もちろんですとも」

レイが元気よく、バルトが当然といった様子で返事をくれた。よかった、見捨てられなくて。最近、やらかし王子になっているみたいだから、いつか見捨てられるんじゃないかと心配していたのだ。

「セルブスとララは……」

二人に目を向けると、ブンブンと首を左右に振られた。どうやらフルート公爵領には行きたくないようだ。

それもそうか。単に視察するだけでは終わらないだろうからね。確実にフルート公爵へあいさつすることになるだろう。向こうもそのつもりのはずだ。何せ、公爵家の未来がかかっているのだ。ちょっと大げさだけど。

「二人はお留守番かな。俺がいない間の仕事をお願いするよ」

「かしこまりました」

「お任せ下さい」

ホッとしたような表情になるセルブスとララ。俺はそこまで鬼じゃないぞ。

前世の俺なら、セルブスとララと同じような反応をしていたことだろう。慣れって怖い。いつの間にか俺にも、この国の王子としての自覚が目覚めつつあるようだ。

それに今の俺には心強い仲間たちがいる。そのよさを伝えるためなら、頑張ることだってできる。この機会にみんなのすばらしさと安全性をアピールすることができれば、いつでもどこでもみんなを連れて歩くことができるようになるかもしれないのだ。頑張るぞ。

そうして気合いを入れた俺は、山のような目録の中からランダムにいくつか紙を引き抜いて、そこに書いてあるものがあるかどうかを確認した。

お父様もすべて見る必要はないって言ってたからね。このくらいの頻度でいいだろう。

もしかすると、区分ごとにいくつか見ていくだけでも十分かもしれない。でもこの山の中からその区分を見つけるのは大変なんだよなー。

そうだ、せっかくなので、呼び出したみんなにも手伝ってもらうことにしよう。

第六話　召喚スキルの明日のために

そうと決まれば話は早い。まずは床に置いてある紙の山から片づけよう。山の近くへみんなを集めた。

「書類の整理を手伝ってもらいたいんだけど、お願いできないかな？」

『もちろん構いませんよ。どのようにしましょうか？』

ラギオスを先頭に、みんながそれを了承してくれた。みんなの体の大きさはバラバラだし、手の動きにも違いがある。そのためバランスよくチーム分けをしてから作業をしてもらった。

「それじゃ、ラギオスとカイエン、ピーちゃん、おチュンはこっちの書類を分類してほしい。ベアードとトラちゃん、テツジンは分類した書類をあそこまで運んでね」

『分かりました。それでは私とカイエンが読み上げますので、ピーちゃんとおチュンはそれぞれの場所へ運んで下さい』

ラギオスが床の空いている場所を指差した。どうやらチーム内でもさらに仕事を分けるようだ。役割分担は大事だよね。

『フム、お任せ下され』

『ピーちゃん！』

『チュン！』

ラギオスから仕事を任されて、気合いを入れるカイエンたち。その一方で、ベアードたちは書類の運び先を確認していた。

『ベア』

『間違えないようにしないといけませんね』

『マ』

こちらは独特なやり取りだが、お互いに言葉は通じているようなので大丈夫だろう。両手を自由に使えるベアードとテツジンは物を運ぶのが得意だろうし、トラちゃんは言わずもがな。中に入れて、取り出せばいいだけだからね。適任だと思う。

感心感心、と俺が見ている目の前で、ラギオスが風魔法を使って書類を巻き上げる。それをラギオスとカイエンが読み上げて、ピーちゃんとおチュンがくちばしでキャッチすると、素早く所定の場所へ置いていった。

ある程度たまったところで、ベアードたちが俺の前に運んでくる。これはうかうかしていると、俺が書類で埋もれることになっちゃうぞ。頑張らないと。

こうしてみんなで作業をすることで、連携が取れるようになってくれるとうれしいな。

ある程度の区分けができたので、俺はトラちゃんと一緒に確認作業に入った。その間にも、みん

なは仕分け作業を続けてくれている。

そんなみんなの様子を見て、セルブスとララがため息をついていた。

「魔法生物が自ら動くとはこういうことなのですね」

「具体的な命令をしなくても、自分で考えて動くのですね」

二人がみんなの様子を観察しているところを見ると、そこから何かを得ようとしているのだろう。

何か少しでもヒントになるようなことがあればいいのだが。

俺が召喚した魔法生物たちは始めから自分の意思を持って動いていた。そのため、それをうまくセルブスとララに教えることができない。

そしてラギオスたちと作業をしていて分かったことがある。

始めはおぼつかない動きをしていたのだが、だんだんと効率良く動くようになってきたのだ。それはすなわち、学習しているということである。

つまり、召喚スキルで呼び出した魔法生物たちは、使えば使うほど、その性能が向上するのだ。

呼び出すごとにリセットされる可能性も考えられるが、俺はその可能性はないと思っている。

だって、みんなは俺のことだけでなく、これまでに起こったできごともちゃんと覚えているからね。

『フム、頭を使ったので、なんだか甘い物が欲しくなってきましたな。昨日食べたプリンはツルンと食べられて、それがし、感服いたしましたぞ』

『あの黄色い姿をしたプリンは、プルンプルンしていてよかったですね』

ほらね、ちゃんと昨日食べたプリンのことも覚えている。どうやらカイエンとトラちゃんはプリンが気に入ったようである。これは間違いないな。魔法生物は知識を吸収して成長する！

「それじゃ、一段落ついたら休憩にしよう。プリンなら小型氷室の中にたくさん入っているからね」

『主、プリンもいいですが、シュークリームもいいと思います』

「なるほど、ラギオスはシュークリーム派か。それじゃ、調理場へもらいに行くとしよう。きっと料理人たちが作ってくれているはずだからね」

他のみんなの意見も聞く。ベアードはプリンとシュークリームが食べたいらしい。実に欲望に忠実である。なお、テツジンは食べられないとのことだった。

個性があるな。もしかして、オイルなら食べるのかな？　でもそんなのないんだよね。どうしたものか。

鳥型のピーちゃん、おチュンはプリンが気に入ったみたいだな。思ったよりも人気ないのがみたらし団子である。やはりあのぬいぐるみのような手では食べにくかったか。それに鳥のくちばしとも相性が悪そうだからね。しょうがないね。

でも俺は好きだよ。ちなみにセルブスはみたらし団子が大好きなようである。

三時のおやつの時間になったところでみんなと休憩を入れる。目録の分類はほぼ完了した。あとはそこから適当に見繕って調べるだけである。

レイに頼んで調理場へシュークリームとみたらし団子を取りに行ってもらった。そして残ったメンバーでお茶の準備をする。

『主、フルート公爵領とはどのような場所なのですか？』

「ここから東に行った場所にあるんだよ。すぐ近くに大きな山があって、そこから鉱石を採掘しているみたい。でも、今はその鉱脈が枯れつつあるようで、採れる量が減っているみたいなんだ」

これまでは鉱脈から採れる豊富な鉱石によって潤っていたフルート公爵領だが、どうやらそれに頼りすぎていたようである。フルート公爵の勢いが落ちているのはそれが原因なのではないかと思われる。

でも待てよ。本当にそうなのだろうか。鉱脈がいつかは枯れることくらい分かっていたはずだ。それなのに、〝何も手を打たない〟なんてことがあるのだろうか。有力な鉱脈がダメになりそうなら、その代わりになるような鉱脈を探せばいいだけのはずなのに。

周辺の山を探せば、似たような鉱脈が見つかりそうな気がするんだけど。

『マ』

「ん？　もしかして、テツジンは鉱石に興味があるの？」

『マ』

そう言って、何かを口に運ぶ仕草をした。なるほど、テツジンは鉱石を食べたいのか。まさに蓼(たで)食う虫も好き好きだな。これはテツジンのためにも、フルート公爵領に行ったら良質な鉱石を手に入れないといけないな。

第三王子の召喚した魔法生物が大好物にしている鉱石ともなれば、高値で取り引きされるようになるかもしれない。

しかしそれでも根本的な解決にはならないか。なんとか鉱山業から別の事業へシフトするか、新たな鉱脈を発見するしか道はないのかもしれない。

ギリアムお兄様も後押ししていることだろうし、それなら別の事業を始めるのが一番、効率的なのかもしれないな。

実はすでにその事業は実行されていて、形になっているのかもしれない。そしてその〝新しい事業〟の宣伝のためにレナードお兄様と俺が行くことになった。これならあり得そうな話だぞ。

レイがシュークリームとみたらし団子をもらってきてくれた。レイから話を聞くと、両方ともかなりの数が作られていたそうである。

どうやらお父様と料理長たちは本気で〝ルーファス印のお菓子〟を広めるつもりのようだ。まずは貴族たちに振る舞うのかな？　もしかすると、今頃貴族たちはサロンで新しいお菓子に舌鼓を打っているのかもしれない。

そしてそれと同時に、〝お菓子王子〟の名称も広まっているかもしれないな。

うん、あきらめよう。なるようにしかならないさ。大きな川の流れには、身を任せるのが一番いい。

「みんなのおかげで、今日中には目録の確認が終わりそうだよ。ありがとう」

『お礼など不要です。主の命令とあれば、なんでもしますよ』

『おいしいプリンが食べられますからね。でも、シュークリームもいいと思います！』

そう言いながらシュークリームをラギオスから分けてもらっているトラちゃん。もちろんプリンも、ラギオスにおすそ分けしている。仲がいいよね、俺の呼び出した魔法生物たち。

「セルブス、魔法生物の相性とかあるのかな？」

「聞いたことはありませんね。そもそも、命令がなければ動きませんから」

「なるほど、確かにそうか。その辺りはこれから調べていくしかないな」

今のところ、俺が呼び出した魔法生物たちと、セルブスとララが召喚した魔法生物が争っているところは見たことがない。

ケンカをしないのか、それとも、そもそも同族として見ていないのか。判断に困るところだな。

「ルーファス王子、先日はプリンをお土産にいただきまして、ありがとうございます。孫がとても喜んでおりました。いただいたマグカップも大切に扱わせていただいております」

「それならよかった。そうだ、セルブスの家でも作れるように、作り方を書いた紙をあげるよ。それがあれば、いつでも作れるからね」

「ありがとうございます」

深々と頭を下げるセルブス。そんなに頭を下げなくてもいいのに、と思うのだが、相手はこの国の王子。やっぱり距離を感じてしまうな。仕方ないことだけど。

だからこそ、みんなといい感じの距離感を見つけていかないといけないな。お互いの立場を尊重しながらね。

「私もギルド長からいただいたマグカップを大切に飾っていますよ。なんだか使うのがもったいなくって」

俺の発言にギョッとするバルトとレイ。そうだよね、二人はマグカップに金貨百枚の価値があることを知っているからね。そんな顔にもなるよね。

「遠慮なく使ってくれればいいのに。もし割れてしまっても、新しいのをプレゼントするからさ」

でもそれは、セルブスとララの前では言えないのだ。取るに足りない、どこにでもある品だとして扱わなければ、きっと二人はそれを返すことだろう。それはなんか違うと思う。

休憩を終えた俺たちは作業を再開した。甘い物を食べたおかげで、頭がしっかりと働くようになった。みんなも同じみたいで、やる気に満ちた顔をしてそれぞれの役割を果たしていた。

「フウ、これでよし。結局、ほとんどトラちゃんの中に入っていたな。ご先祖様の収集癖には驚きを隠せないよ」

『主、お疲れ様でした』

「ラギオスもお疲れ様。みんなもお疲れ様。ありがとう、助かったよ。みんながいなければ、あと何日かかっていたことやら」

自分一人で目録を分類するだけでも大変だったはずだ。本当にありがたい。

そしてこれだけの目録を持ってきたギリアムお兄様は、いつ、これだけの量の目録を作ったのだろうか。

時間が止まった部屋でもない限り不可能だぞ。それとも、こんなこともあろうかと、あらかじめ準備していたのだろうか。あり得そうな気がするな。

『しかし若様、どうして急に終わらせようと思ったのですかな？　時間はかかってもよいというお話だったと記憶しておりますが』

「そうなんだけど、フルート公爵領に行く前には終わらせたいと思ってね。仕事を残したままだと、なんだか落ち着かなくてさ。それに、召喚ギルドがいつまでも狭いままだと、色々と困るでしょ」

あれだけ山のような書類が部屋を占領していたら、召喚スキルの練習をするときに邪魔になるはずだ。大型の魔法生物だっているからね。それを呼び出す練習をするためにはそれなりに広い場所が必要なのだ。

それに、ついさっきまでは一つしかない机の半分以上が書類の山に占拠されていたのだ。セルブスとララは何も言わなかったけど、俺はハッキリと言わせてもらうぞ。

邪魔！

「そんなわけで、これから国王陛下のところへ報告に行ってくるよ。バルト、国王陛下の都合を聞いてきてほしい。あ、いやその前に、バルトとレイはちょっとこっちへ来て」

首をかしげながら近寄る二人。本当はこれからお父様のところへ行くバルトだけでいいんだけど、バルトだけに耳打ちしたら、レイがいじけてしまうかもしれないからね。上に立つ者は大変なのだ。

「国王陛下に目録のほとんどすべてがあったと伝えてほしい。もしかすると、それだけの報告で十分かもしれないからね。国王陛下も暇じゃないだろうし」

「分かりました。そのようにお伝えしてきます」

レイもしっかりとうなずいている。この話が秘密であることは認識してくれているようだ。

セルブスとララには悪いけど、二人には内緒である。こんな危ない話は知らない方がいいに決まっている。目録の中には、この世界に存在しない方がいいものも交じっていたからね。

俺にはバルトとレイ、それに、頼れる仲間たちがついている。だが、セルブスとララに四六時中、護衛をつけるわけにはいかない。トラちゃんの中身のことを知って一番危険なのは二人であることは間違いないだろう。もちろん俺も気をつけるに越したことはないけどね。

俺の指示を受けて、バルトが召喚ギルドから出ていった。あとは結果待ちだな。その間は恒例のモフモフタイムといこうではないか。

お、ベアードの毛並みがよくなってる？　おいしい物を食べたからなのかな。それなら好物を与えたりしたら、もっと状態がよくなるのかもしれない。ハチミツとか。

ベアードを枕にしてそのおなかをモフモフしていると、ラギオスが何かに気がついたようである。

『ベアード、もしかして、太りました？』

『ベアッ!?』

ラギオスにそう言われて、めっちゃ驚いたベアード。そんなベアードが自分のおなかをつまんでいる。そしてそのまま動かなくなった。

太ったんだね、ベアード。でも、魔法生物って太らないんだよね？　俺がそうイメージしない限りは。

……ごめん、ベアード。そのおなかはきっと俺のせいだわ。

「ベアード」

『ベアッ！』

そう叫んだベアードは俺をラギオスにあずけると、目の前で高速スクワットを始めた。すまないベアード。そうじゃないんだ。そうじゃ。

止めたい気持ちはあるのだが、俺が原因だと分かれば、さすがに怒るかもしれない。その恐怖が俺を縛る。

次に召喚するときは、しっかりとスリムになったベアードを呼び出すようにしよう。おなかが出ている方が気持ちいいだろうな、なんて考えてはいけない。

もんもんとしているところにバルトが戻ってきた。

「ルーファス様、国王陛下がお呼びです」

「分かった。すぐに行く。それじゃ、今日の仕事はここまででいいよ。あとは自由にしていいからね」

「分かりました」

「お気をつけて行ってきて下さい」

セルブスとララが頭を下げた。窓の外は日が暮れ始めているし、少し早いが終わってしまって構わないだろう。この召喚ギルドでのルールは俺なのだ。

とはいえ、これから二人は召喚スキルの練習をするんだろうな。とっても真面目(まじめ)な二人だからね。

バルトとレイに護衛されて、お父様の執務室へと向かった。みんなを引き連れて移動すると人目につくので、ラギオスだけを抱いている。残りのみんなは一度、還(かえ)ってもらった。

ベアードが歩いてついて行きたそうにしていたが、ちゃんと次に呼び出したときはスリムになってるから、どうか安心してほしい。

「国王陛下、ルーファスです」

バルトが扉をノックし、それに合わせて俺は扉の向こう側へと声をかけた。待つこともなく扉が開く。そこには書類に挟まれたお父様の姿があった。

ギリアムお兄様から送られてきた目録の量よりかはマシだが、これはこれで大変そうだな。

「呼び出してすまないな。ルーファスの口から直接話を聞こう。お前たちは呼ぶまで下がるように」

「ハッ！」

そう言って、護衛と書類の整理をしていた人たちが執務室から出ていった。事情を知っているバルトとレイはそのまま俺の後ろに立っている。

「バルトから話は聞いている。その上で、具体的にどのような物があったのかを聞かせてほしい」

「分かりました。先日もお話しした通り、古代人が使っていた日用品や、装飾品、服などがあります。そして、これまで聞いたこともない魔法薬も多数ありました」

「日用品などはともかく、魔法薬は様子を見た方がよさそうだな。他にはないのか？」

うーん、どうしよう。正直に言うべきなのかな？　そうだよね、そのためにわざわざ貴重な時間を割いて俺を呼んで、人払いまでしているのだから。この際だから全部話すとしよう。

「あとは、古代人が使っていた魔道具も多数あります」

「魔道具……！　やはり入っていたのか。完全な形をしているのか？」

「ええ、そうです。実際に使ってみました」

「おい」

お父様ににらまれた。そしてすぐに、俺の隣におとなしく座っていたラギオスがにらみ返していた。さすがは頼れる俺の相棒。お父様もその様子にタジタジだ。お父様が額から流れ出た汗をハンカチでふいている。

「だれにも見られていないのだろうな？」

「えっと、バルトとレイ、それから召喚ギルドの職員と料理長が見てますね」

やっぱりあれは魔道具だったのか、という表情になるバルトとレイ。魔晶石とかの単語が飛び交っていたもんね。なんとなくは分かっていたのだろう。でも俺が何も言わなかったので、確信は得られていなかったようである。

「そうか。まあ、口を封じるほどでもないか。魔道具は古い遺跡からいくつも見つかっているからな。どれも動いたためしはないが」

「そうみたいですね。私も興味があって一つ分解してみたのですが、結局壊してしまいました」

「なんだと！」

思わず身を乗り出したお父様。まずい、これはお母様に話が伝わる前にフォローした方がよさそうだ。俺は慌ててトラちゃんを呼び出した。

「大丈夫ですよ。まだ同じ物がいくつもありますからね。トラちゃん、送風箱を出してほしい」

『分かりました』

すぐにペッとテーブルの上に出してくれた。まさしく俺が壊す前の送風箱である。それを目の当たりにしたお父様の動きが一瞬、止まった。だがすぐに動き出した。

四角い箱の手触りを確認し、色んな角度から観察している。

もしかして、お父様は魔道具に興味があるのかな？　それならこのままプレゼントするのがよさそうだ。いわゆる一つの賄賂というやつである。これでお父様も俺の仲間だ。

「まだありますので、欲しいのであれば差し上げますよ？」

「本当か!?」

目を輝かせるお父様。その目はギリアムお兄様にそっくりだった。いや、ギリアムお兄様の目がお父様にそっくりなのか。ややこしいな。

トラちゃんの中から送風箱の取扱説明書を出してもらい、お父様に渡す。もちろん説明書は古代文字で書かれているので解読する必要がある。

どうやって説明しようかなと思っていたのだが、その心配は不要だったようである。フンフンと言いながら、お父様が説明書を読んでいる。

どうやらお父様も古代文字が読めるみたいだ。それもそうか。古代人が使っていた魔道具に興味があるのだ。古代文字を読めるようになっていても当然か。

もしかすると、ギリアムお兄様がやたらと古代文明に興味があるのは、お父様の背中を見て育ったからなのかもしれないな。

そしてそれによって古代文明オタクになったギリアムお兄様の二の舞にならないようにと考えたのだろう。お母様は俺とレナードお兄様に、その姿を見せないようにしていたようだ。

でもまあ、ギリアムお兄様は学者スキル持ちだからね。もしお父様の後ろ姿を見ていなくても、同じ結果になった可能性は十分にあると思う。お父様のせいでも、お母様のせいでもないのだ。

目の前で、新しいおもちゃを手に入れた子供のように送風箱を操作しては、小さな歓喜の声をあげるお父様。楽しそうで何よりだ。

「お父様、お話が終わったようでしたら、私はこの辺りで……」

「待った。ルーファス、まだ同じ物が入っているのだよな？」

「ええ、まあ、そうですが」

「それではもう一つ出してもらえないか？　そっちは魔道具の研究のために、魔道具師たちに渡そうと思っている」

やっぱり魔道具師は存在していたのか。それもどうやら、お父様が管理しているようである。超古代文明時代の遺物はどの国も必死になって調査しているはずだからね。存在していて当然か。

だがしかし、表立って活動しているわけではないようだ。やっぱりスパイとかに狙われるからなのかな？

「もちろんですよ。トラちゃん、お願い」

『分かりました』

先ほどと同じ送風箱をお父様へ渡す。どうやら最初に出した送風箱を、研究のために魔道具師へ渡すという考えは、お父様にはなかったようである。さすが。

「これで我が国の超古代文明時代に対する理解はさらに深まることになる。これはもしかすると、あれも動かせるようになるかもしれないな。ルーファス、よくやってくれた。褒美を出そう」

「ありがとうございます。その、あれ、とは？」

「フム、ここだけの秘密だぞ？」

そう言ってから、お父様が手招きをした。国王陛下に対してする行為としてはあまりよくないのだが、お父様の顔の近くまで自分の顔を寄せる。

「実はな、巨大な船がこの国のとある場所に眠っているのだよ。研究者によると、空を飛ぶ船だそうだ」

「まさか、飛行船ですか！」

「シッ、声が大きい！」

「す、すみません」

チラリとバルトとレイを見る。二人はどこか遠くを見つめており、今の話は聞かなかったことにしたようだ。世渡り上手(じょうず)な二人である。

それにしても飛行船があるだなんて。超古代文明時代って、ものすごい時代だったのでは？　もしかすると、その時代は惑星外にも飛び出していたのかもしれないな。

「本当にそんなものが？」

「ああ、あるのだよ。しかし、よく飛行船のことを知っていたな。このことを知っている者はほとんどいないと思っていたのだが」

「……」

まずい、余計なことを口走ってしまったかもしれない。これ以上、飛行船の話はしないようにしよう。前世の記憶のおかげで、面倒なことになりつつあるぞ。まあ、言ってしまったものは仕方がないか。なるようになるさ。

「おっと、忘れるところだった。この話はギリアムには内緒だぞ」

「もちろんです」

飛行船がこの国のどこかに眠っているとギリアムお兄様が知ったら、間違いなく城を飛び出すだろうな。その結果、船が空を飛ぶまで帰ってこなそうである。絶対に口に出せない。

それよりも、お父様にあげた送風箱がお母様に見つかると非常に厄介なことになるんじゃないのかな。そのことは自覚しているのだろうか。してるよね？　俺は信じているよ。

それから魔道具はお父様の命令で出したのであって、それによって執務が滞っても俺が原因じゃないからね。そこのところ、よろしく。

「それでは褒美の話に戻るが、何か欲しいものはないのか？」

「それでしたら、私が召喚した魔法生物たちと一緒に、走り回れる場所が欲しいです」

「なるほど、それがあれば、他の召喚スキル持ちも自由にその力を試すことができるな。ルーファス、今、我が国はどの国よりも召喚スキルに対する理解が進んでいると思わないか？」

「そう思います」

俺の返事に我が意を得たりといった様子でうなずくお父様。どうやらお父様は魔道具だけでなく、召喚スキルでも他国よりも先を行こうとしているみたいだ。

俺としても召喚スキルの知名度が上がる結果になるので、渡りに船である。

「よし分かった。すぐに場所を選定して、ルーファスに与えることにしよう」

「ありがとうございます」

みんなの遊び場ゲットだぜ！　これでみんなが運動不足に悩むことがなくなるぞ。そのうち〝ふれあい魔法生物園〟なんかを開催するのもいいかもしれない。子供たちに楽しんでもらえば、きっとこれから召喚スキル持ちが増えるはずだ。

こうしてお父様への報告は無事に終わり、一つの仕事を片づけることができた。これで俺も、王族としての役割を果たすことができるようになったわけだ。

ちなみに魔晶石の話はしていないので、そのうち燃料切れで送風箱は動かなくなると思われる。そしたらお父様も正気に戻ることだろう。

それにしても、飛行船なんていう大型の乗り物が存在しているのか。これはもしかすると、俺が想像している以上に大型の魔道具が存在しているのかもしれないな。「氷室など、大型魔道具四天王の中でも最弱！」とか言われてそう。氷室は泣いてもいいと思う。

「トラちゃんの中に飛行船は入ってないの？」

『えっと、ありませんね。ですが、それに関する資料はありますね』

「資料？　設計図みたいなやつかな？」

『そのようです。あとは取扱説明書ですね』

「そんなものまであるんだ。でも、出さなくていいからね」

そんなものをお父様に提出しようものなら、確実に飛行船再生プロジェクトが発動することになってしまうだろう。そのことにお父様が気づかなくてよかった。さすがに大型の魔道具関連のものがトラちゃんの中に眠っているとは思わなかったのだろう。

俺もだよ。ちょっとビックリ。

自室に戻った俺はさっそくみんなを呼び出した。部屋に戻る前に召喚ギルドの様子を見に行こうかなとも思ったけど、さすがにやめておいた。今日は終わりの宣言をしたのは俺だからね。ギルド長がそれを破るのはよくないだろう。セルブスとララから不信感を抱かれかねない。

「みんな聞いてよ。お父様に頼んで、みんなで自由に外で遊べる場所を作ってもらえることになったよ」

『ベアッ!?』

外で遊べると聞いて、ベアードが反応した。きっと運動して、ダイエットしなければと思っていたのだろう。

だがしかし、ベアードは今の自分の姿を見て首をかしげていた。それもそのはず。今のベアードはムダな脂肪をそぎ落とした、ムキムキ仕様になっているからね。

そんな自分の変化に気がついたベアードが鏡の前でピーちゃんと一緒にサイドチェストをキメている。

ピーちゃん、ベアードに余計なことを教えなくていいからね？　止めてもダメそうだなー。やむなし。

『それはうれしい話ですな。日なたぼっこがはかどりそうです』

どうやらカイエンは一般的な変温動物と同じく、日光で体を温めたい派のようである。別に温めなくても普通に活動しているので、問題ないはずなのに。

「それじゃ、みんなでゴロゴロできるスペースも作ってもらうことにしよう」

『ありがとうございます』

『自由に外で遊べる、ですか。確かにそれは魅力的ですね。まだ全力で走らせてもらったことがありませんからね』

「ラギオスが全力で走る……子犬サイズでお願いね」

元の大きさになったラギオスの全力疾走は恐怖でしかないような気がする。まずは様子見だな。お父様が用意してくれる場所もどのくらいの広さがあるのかまだ分からないからね。

『ピーちゃん！』

『チュン、チューン！』

どうやらピーちゃんとおチュンもうれしいみたいだね。報酬として運動場をお願いしてよかった。これで俺ももっとみんなとの仲を深めることができるぞ。もちろんモフモフすることもできる。

そうしてみんなでワイワイと、何をしようかと話している間に夕食の準備が整ったようである。使用人が俺を呼びにきた。ちょっと時間が早いような気がするけど。

みんなを部屋に残してダイニングルームへと向かう。

あれ？　なんだかいつもよりか静かなような気がするんだけど。ダイニングルームからはカリカリという何かを書いているような音が聞こえる。まさか。

「お、お母様？」

「来たわね、ルーファス。そこに座りなさい」

「はい」

言われるがままに席に座る。カリカリと何かを必死に書いているのはお父様だった。

まさか。

そしてよく見ると、お父様が座るイスの後ろには木剣が立てかけられている。

まさか。

「ルーファス、国王陛下に渡してはならない物を渡してしまったようね？」

「もしかして、送風箱のことですか？」

無言でうなずくお母様。どうやら早くもお母様に見つかってしまったらしい。もしかして、執務そっちのけでいじっていたのかな？　チラリとお父様を見るが、俺が来たことに気がついていないのか、黙々と何かを書いている。

「ああ、国王陛下のことは気にしなくていいわよ。しっかりと執務をこなしてもらっているところだから」

「な、なるほど」

どうやらお母様の監視下で仕事をこなす羽目になっているようだ。でもそのおかげで、仕事の効率はよさそうだぞ。もちろんお父様の精神力は考慮されていないようだが。

「国王陛下が幼いころから魔道具に没頭していたことを、ルーファスは知らなかったのよね？」

「はい。つい先ほど知りました」

「それなら仕方がないわね。魔道具関連からなるべくルーファスを遠ざけていたことが裏目に出てしまったわ」

頭を抱えるお母様。これはよっぽどだぞ。一生の不覚とか思っているのかもしれない。どうやらお父様の前に魔道具を出すのはまずかったようである。あらかじめそのことを知っていたら、黙っていたかもしれない。

「いいこと？　これ以上、国王陛下の前に魔道具を出さないこと。分かったわね？」

「分かりました」

お母様は飛行船のことを知っているのかな？　お父様の口ぶりからして、知らなそうなんだよね。もし飛行船のことを知ったら、お母様は一体どのような反応をすることやら。

言った方がいいのか、言わない方がいいのか。判断に困るな。

それにしても、カリカリと一心不乱に執務をこなすお父様の後ろに立てかけられている木剣がどうしても気になってしまう。たぶん、素振り用に準備してあるのだと思うけど、お父様が木剣を振る姿はちょっと想像できないな。

「お母様、お父様の後ろに置いてある木剣にはなんの意味が？」

「ああ、あれは机に向かってばかりでは運動不足になるから、そのための対策よ」

「な、なるほど」

「そうね、そろそろ休憩が必要かしら？　アルザス、次は素振りよ」

無言でお父様がうなずくと、今度は一心不乱に木剣を振り始めた。

怖い！　なんだかものすごく怖い光景だぞ！　それにお母様が人前でお父様の名前を呼ぶのを初めて聞いた。それだけどうしようもない状態にお父様がなっていたということなのか。

「申し訳ありません、お母様。私が原因でこんなことに……」

「あら、ルーファスのせいじゃないわ。だって知らなかったのでしょう？」

「それはまあ、そうですが……」

お父様が剣を振る姿はなかなか様になっていた。どうやら剣術の才能はそこそこあるみたいだな。

なぜかそれはレナードお兄様にしか引き継がれなかったみたいだけどね。

そうこうしているうちに、ギリアムお兄様とレナードお兄様がダイニングルームへやってきた。

そしてお父様が素振りする姿を見て、一歩、あとずさった。

「えっと、ルーファス、何があったのかな？」

「ギリアムお兄様は知らない方がいいと思います。その方が幸せに暮らしていけます」

ここでギリアムお兄様に魔道具の話をすれば、第二のお父様になることは間違いない。これ以上の被害を避けるためにも、この話はできない。

俺の答えを聞いたギリアムお兄様はある程度のことを察したのだろう。俺から詳しい話を聞きたいような、そうでもないような、複雑な顔をしていた。

「それじゃルーファス、俺なら聞いても問題ないのか？」

「レナードお兄様ならたぶん大丈夫だと思います」

ギリアムお兄様に聞こえないように、レナードお兄様に耳打ちする。その目が一瞬、大きくなった。しかし、すぐに納得したかのように、お父様を哀れむような目で見ていた。

「そうだったのか。俺もその話は初耳だな。それだけ母上が警戒していたということか」

「そのようです。そして何も知らなかった私が不用意な行動をしてしまったことでこんなことに」

「ルーファスは悪くない。逆の立場だったら、俺もルーファスと同じことをしていたことだろう」

俺とレナードお兄様の会話を注意深く聞いていたギリアムお兄様はすべてを察したみたいである。まさか、みたいな顔で俺たちの方を見ているが、ニッコリとほほ笑みを返しておいた。

俺の口から「魔道具はあります」という事実を言わなければ、それは事実として認められないのだ。

当然のことながら、そんな俺の思惑に気がついた様子のギリアムお兄様。そのことについて俺に聞くかどうか迷っている様子だったが、俺たちの様子をうかがっていたお母様の笑顔で聞くのを断念したようである。

さすがはお母様。マジ半端ねぇッス。

その日の夕食はとっても静かだった。


それから数日後、召喚ギルドで〝召喚スキルの正しい使い方〟を教えるための教本をみんなと作っているところへ、レナードお兄様がやってきた。

王族と会うことに大分慣れてきたセルブスとララは、顔をこわばらせつつも、しっかりとあいさつをしていた。

「ルーファス、フルート公爵領への視察の話は覚えているかい？」

「もちろんですよ。何か進展があったのですか？」

レナードお兄様がテーブルにつくと、すぐにお茶が運ばれてきた。俺も作業の手を止めて、レナードお兄様へ向き合う。

思ったよりも早かったな。王族二人が行くことになったので、行程が決まるのはもうしばらく時間がかかると思っていたのに。

「一週間後にフルート公爵領へ出発することになった。これが日程表だよ。視察は七日間行う予定になっている。もちろんそれには移動時間も含まれているよ」

そう言いながら、レナードお兄様が束になった紙を渡してきた。一言お礼を言ってから内容を確認する。どうやらフルート公爵領までは馬車で二日ほどの距離にあるようだ。

そういえば、王都から外に出るのは初めてなんだよな。二日間も馬車に乗っていたらお尻が痛くなりそうだ。それに馬車酔いするかもしれない。何か対策が必要だな。

「あの、移動に使う馬車はどのような感じなのでしょうか？」

「心配はいらないよ。フルート公爵領までの道はそれなりに整備されているからね。それに揺れの少ない、一番いい馬車を使うことにしている。その許可はもらってあるよ」

「ありがとうございます」

とは言ったものの、ものすごく目立ちそうだな。一番いい馬車ってあれだよね？　白地に金で装飾が施されている、ド派手な馬車のことだよね？　うーん、尻が痛くならずに、馬車酔いにもなりにくいのなら、甘んじて受け入れるしかないか。

渡された紙を確認する。こちらの紙にはどうやらフルート公爵領の主要人物の名前が書かれているようだ。

……まさか、今からこれを全部覚えろとか言われるのではなかろうか？　さすがに文字だけだと、覚えるのは大変そうだぞ。

俺の表情の変化に気がついたのだろう。レナードお兄様が眉を少し下げて、苦笑している。

「その紙には上から順に主要な人物の名前をあげている。少なくとも上の方に書いてある名前だけは覚えておいてほしい。気になるなら、どんな人物なのかも教えてあげるよ。もちろん、全員は無理かもしれないけどね」

さらに眉が下がったレナードお兄様。どうやらレナードお兄様も人物の顔と名前を覚えるのは苦手なようである。これはレナードお兄様の分も、気合いを入れて名前を覚えておかないといけないな。

出発までには一週間あるが、それでも時間に余裕があるとは言えないな。そうなると、レナードお兄様は視察の準備でとっても忙しいはずだ。そんなわけで、レナードお兄様から主要人物の人物像を聞くのはやめておいた。

ちょっとホッとしたような表情をしたレナードお兄様は、お茶と一緒に出したプリンをペロリと食べると、自分の仕事へと戻っていった。

俺は改めて先ほど渡された紙を確認する。

フムフム、なるほどなるほど。騎士団に所属しているレナードお兄様が行くということで、フルート公爵が所持している騎士団の訓練視察があるようだ。詳しくは書かれていないが、指導なんかもあるのかもしれない。

それで俺はその間にフルート公爵家と領都の見学か。フルート公爵家の見学はまだいいとして、領都見学は大丈夫なのかな？　いや、こんなことを言ってはフルート公爵に失礼か。しっかりと領都が安全であることをアピールしたいのだろうからね。

そのあとはレナードお兄様と一緒に領都から出て、近くの町や村を巡回するようだ。こちらはフルート公爵家の権力をアピールするのが狙いのようで、フルート公爵家からの数人と一緒に行動することになる。

そしてその中にはもちろん、鉱山見学も含まれている。

「うーん、これはしっかりと顔と名前を覚えておく必要があるな。周辺の貴族を招いたパーティーもあるみたいだし。ダンスの復習もしておかないといけないか」

剣術は苦手だが、ダンスはそれなりに頑張っていた。だって相手の女の子に恥をかかせるわけにはいかないし、俺だって女の子にいいところを見せたい。

よし、お母様とギリアムお兄様の力を借りよう。まずはギリアムお兄様のところへ行くか。魔道具のことも気になっているだろうからね。

「ギリアムお兄様のところへ行ってくる。戻れそうにないときは連絡を入れるよ」

「承知いたしました」

「行ってらっしゃいませ」

こうして俺はギリアムお兄様の執務室へと向かった。ギリアムお兄様が普段から滞在しているのは研究棟と呼ばれる場所だ。

そこでは国の重要な研究が行われているそうである。あまり興味がなかったのでこれまで関心がなかったのだが、これからは無視できないのかもしれない。

古代文明時代の品々に魔道具。それを持っている可能性があるのは他ならぬ俺なのだから。むしろ逆に、これまで声がかからなかった方が異常だろう。もしかしたらお母様が止めている可能性があるな。さすがはお母様。強い。

「ここが研究棟か」

「ルーファス様、正確にはこちらは〝羽の宮殿〟と呼ばれております」

「羽の宮殿？　ここでの研究が、将来、国へと羽ばたくようにということなのかな」

そこは王城にある建物の一つだった。俺がいつもいる王宮から外の通路を通った先にあり、どうやら入り口は一つしかないようだ。

大きな木の扉は左右に開かれた状態になっており、そこには二枚の羽がクロスした装飾が施されている。その羽の間には王家の家紋が描かれていた。

「まさに国の重要施設って感じだね」

「ここでは様々な研究が行われておりますからね。それだけに、警備も厳重です」

入り口を入ってすぐの部屋は小さなホールになっており、そこから先に進むには受け付けを通る必要があるようだ。足を踏み入れたところで、すぐに衛兵たちが近づいてきた。

「これは第三王子殿下、羽の宮殿へようこそ。ご用件を承ります」

決して油断することなく、鋭い目で俺たちを見ながらそう言った。フム、よく訓練されているな。第三王子殿下相手でも警戒を緩めないとはね。そしてバルトとレイも警戒度を上げているようだ。俺を守るために。

「第一王子殿下に会いにきました。用件はフルート公爵家の主要人物の特徴を教えてもらうためです」

「すぐに取り次ぎます。少々、お待ち下さい」

キビキビとした動きで指示を出す衛兵。その姿を見ていると、召喚ギルドってずいぶんと緩いよね？　と思わざるを得なかった。もっと引き締めた方がいいのかな。でもなぁ、三人だし。

そんなことを思っているうちに許可が取れたようである。俺たち一行は三階にある、ギリアムお兄様の執務室へと案内された。そこではギリアムお兄様は俺が以前あげたマグカップを大事そうに磨いていた。

……仕事はどうしたのかな？　今は休憩時間だと思いたい。

「よく来たね、ルーファス。フルート公爵家の情報が欲しいんだって？　ルーファスは本当に真面目だね。レナードにも少し分けてあげてほしいところだよ」

冗談なのか本気なのかちょっと迷う。レナードお兄様ってそんなに適当なのかな。それなら今回の視察計画にも何か問題があったりするのかもしれない。あとでしっかりと見直さないといけないな。

でも、レナードお兄様の名誉も回復しておかないといけない。

「レナードお兄様から主要人物の名前を書いた紙をいただいたのですが、それだけではどのような人物なのかよく分からないのです。ギリアムお兄様のお力を借りられないでしょうか？」

「それはもちろん貸してあげるよ。かわいい弟のためだからね」

笑顔のギリアムお兄様。さりげなくレナードお兄様も仕事をちゃんとしてますよアピールをしておく。

報酬に関しては何も言わないが、だからといって何もしないわけにはいかないだろう。どうしようかな。内緒で魔道具をプレゼントするか？　ここならさすがにお母様の監視の目もないだろう。たぶん。

ギリアムお兄様が本棚から何冊か本を取り出した。タイトルは人物図鑑。なんというストレートな名前。どうやらそれらの本には、詳しい人物像が書かれているようだ。

「この辺りがフルート公爵家と関係のある貴族たちかな？　自由に見てもらって構わないけど、外に漏れるとあまりよくない情報も書いてあるから、取り扱いは慎重にね」

「分かりました」

オイオイ、そんな危険な代物を俺が読んでもいいのかよ。なんだか内容を確認するのが怖くなってきたぞ。

だが、ここまで来てなんの収穫も得られないのでは意味がない。覚悟を決めて本を開いた。まずはフルート公爵家の人物について書かれている本だ。

そこには絵姿つきで色々と書かれていた。フムフム、初恋の相手とか、そんな情報はいらないんじゃないですかね？　だがしかし、絵姿があるのはありがたい。これで顔と名前を一致させることができるぞ。

もちろん人の手で描いた姿絵なので、どこまで本物に似ているのかどうかは疑問だけどね。こんなときに写真があったらよかったのに。トラちゃんの中にはカメラが入ってそうだけどね。

でもそんな魔道具を使ったら、「魂が吸い取られる！」とか言われて大騒ぎになるかもしれない。人は初めて見るものには恐れを抱く生き物だ。この時代の科学力がもう少し発展するまで見送ることにしよう。

「フルート公爵家には私と同じ年齢の女の子がいるのですね」

「そうだね。他にも、私の同級生と、レナードの同級生がいるよ」

「分かりやすい！」

思わず叫んでしまった。それって、王族の誕生に合わせて子供を作ってるってことだよね？　主に王族とのコネを作るために。貴族って怖い。公爵となるからには、そのくらいのことをしなければならないのか。

パラパラとページをめくって子供たちを確認する。どうやらギリアムお兄様とレナードお兄様の同級生はどちらも男性のようである。そして俺の同級生になる子は女性。

……俺の婚約者候補だったりするのかな？　もしかして、顔見せの意味もあったりするのかもしれない。

まずはどんな子なのか確認だ。えっと、名前はフレア・フルート。フレアちゃんか。火力が高かったりするのかな？　姿絵はかわいい。そしてツインドリルが装備されているようだ。

高飛車、とは書かれていないな。まずは一安心。スキル継承の儀式で継承したスキルは火属性魔法スキル。なんとなく納得してしまった。

「ギリアムお兄様、火属性魔法スキルってどのようなスキルなのですか？」

「そのスキルはすべての火属性魔法を使うことができるスキルだよ。もっとも、すべてを使えるようになるには、ものすごい訓練が必要だけどね」

「なるほど。すごいスキルなのですね」

「うーん……」

あれ、違うのかな？　ギリアムお兄様だって使えるのは上級魔法までだもんね。特級魔法まで使えるようになる火属性魔法スキルはすごいのではないだろうか。

そんな風な疑問が俺の顔に浮かんでいたのだろう。ギリアムお兄様が説明してくれた。

「使いこなすことができればすごいんだけど、どうも魔法を習得するのに時間がかかるみたいなんだよね。それで結局は中級魔法止まりになることがほとんどなんだ。公爵令嬢なら、初級魔法で終わるかもしれないね」

「もったいないですね」

「そうだね。もったいないよね」

ギリアムお兄様の学者スキルみたいに、研究熱心になる副作用的なものがあればよかったのに、さすがにそれはなさそうだな。でもこれが普通なのかもしれない。

つまり、学者スキルは異常だってこと。

創造神から与えられたスキルを完全に使いこなそうと思う人は、あまりいないのかもしれないな。

そんなことを思いつつ、主要人物の確認を行っていく。あの貴族は隠し子がいるだとか、夫婦関係がよくないだとか、カツラをかぶっているとか、本当に外には出せないようなことが書かれている。

よくこれだけのことを調べたものである。王家の影の力ってすごい。俺のことも調べられているのかな？　いや、それはないか。だって、王族だもん。

一通りの人物を調べ終わった。さすがは子供の頭。そしてどうやら悪くはない頭のおかげで、一度でほぼインプットすることができた。前世でこの能力があったら、もっと楽しい人生を送れていたはずなのに。まあ、終わったことをいつまで考えてもしょうがないか。前だけを向いて進もう。

「ギリアムお兄様、ありがとうございました。大体のことを把握することができました」

俺がお礼を述べると、机の前で作業をしていたギリアムお兄様が手を止める。仕事があるはずなのに、俺の質問にも嫌な顔一つすることなくギリアムお兄様は答えてくれた。これはやっぱりお礼の品が必要だな。

「もういいのかい？　どうやらルーファスの頭は悪くないみたいだね。どうかな、召喚ギルド長と、ここでの仕事を兼任するというのは？」

もしかしてそれが狙いだったのかな？　だがしかし、俺には早すぎると思う。まだ七歳だぞ。いや、成長したときを見越しているのかもしれない。ギリアムお兄様は意外と抜け目がないな。

「考えておきます。今はまだ、召喚ギルドの仕事で手一杯ですからね」

実際にはそんなことはまったくないのだが、そういうことにしておいた。これならギリアムお兄様も無理に引き入れることはないだろう。

「それはありがたい。ぜひとも考えていてほしい」

ニッコリと笑うギリアムお兄様。どうやら俺の答えは、ギリアムお兄様にとって予想通りだったようである。まさか、試された？

さて、このままお礼だけ言って帰るわけにはいかないだろう。ここでギリアムお兄様に借りを作っておくと、あとが怖そうだ。

口には出さなかったが、魔道具に興味があるのは間違いないはずだ。それなら何か魔道具を出してあげるのがよいのだが……それにはいくつか問題がある。

まず、お母様にバレるとまずいということ。そのため、万が一お母様に見つかってもあまり問題にならないものを出さなければならない。であるならば。

「お世話になったお兄様へ、ちょっとしたお礼の品があります」

そう言ってから俺はトラちゃんを呼び出す。ギリアムお兄様の目が輝いたような気がした。それをなるべく気にしないようにしながら、腕時計を取り出した。

俺にとっては見慣れたものだが、転生してからは見たことがないんだよね。

俺が見たことがある時計は、時計塔のような大がかりなものばかりであり、ようやく最近ポケットに入る大きさの懐中時計が開発されたところである。この小ささの時計を作るのには、今しばらく時間がかかることだろう。

それだけに、この腕時計のすごさがギリアムお兄様にも分かるはずだ。

「これは……時計なのか？」

「そうです。腕時計ですね。この帯をこうやって手首に巻きつけて使います」

サイズを合わせてギリアムお兄様の腕につけてあげる。ステンレスなのかチタンなのかは分からないが、金属製のベルトなのでそれなりに目立ちそうではある。

でも、これはあくまでも時計である。パッと見ただけでは、古代人が使っていたものだとは思わないだろう。最新式の小さな時計だと思うはずだ。これならお母様から怒られることはないと思う。

そして腕時計にはもう一つ、メリットがある。

「こんなにすごいものをもらってもいいのかい？　これって魔道具だよね？」

「もちろん魔道具ですよ。見ての通り、時計を小さくしたものなので、この中には小さな歯車がギッシリ詰まっています。中を開けるとおそらく歯車がはじけ飛ぶと思います」

「な、なるほど」

ゴクリとつばを飲み込んだギリアムお兄様。内部構造を確認しようとして、パァンと中身が飛び散った光景が目に浮かんだのだろう。

それこそがもう一つのメリットだ。ギリアムお兄様が腕時計を調べようとすることへの抑止力である。

「だから気をつけて扱って下さいね。それが最後の一つみたいですから」

「わ、分かったよ」

もちろん半分本当で半分ウソである。確かにギリアムお兄様にあげたものと同じ腕時計はないが、他の種類の腕時計ならまだあるのだ。

でも、こうでも言っておかないと〝一個くらいなら壊れても〟と思って分解するかもしれないからね。俺が送風箱を分解したときのように。

こうしてギリアムお兄様との貸し借りをなしにしたところで羽の宮殿をあとにした。

そろそろ昼食の時間だな。昼食がすんでからお母様に話を聞くことにしよう。お母様からも、フルート公爵領にいる人物の話を聞いておきたいからね。特に、要注意人物なんかを。

昼食の席には俺とお母様しかいなかった。みんな忙しいのだろうな。ギリアムお兄様にいたっては、きっとあのニマニマした顔を隠せないからダイニングルームへ来なかったのだと思う。しょうがないね。なんて冷静で的確な判断なんだ。

「お母様、レナードお兄様からフルート公爵領への視察の概要を書いた紙を受け取りました。主要な人物の人柄については、ギリアムお兄様のところへ行って教えていただいたのですが、お母様からもお話を聞きたいと思っています」

「あら、感心なことね。分かったわ。私の知っていることを教えてあげるわね」

こうしてお母様からフルート公爵領について、さらに詳しい情報を仕入れることができた。

なんでも、フルート公爵領では質のよい鉄鉱石が産出されているそうである。これはテツジンが喜びそうだな。鉄鉱石を食べたそうにしていたもんね。

それから俺と同じ年のフレアちゃんの話も聞くことができた。非常に元気のよい、明るい女の子だそうである。

自然が豊かな領地みたいだし、大自然を満喫できそうだ。これはますますフルート公爵領へ行くのが楽しみになってきたぞ！

これでフルート公爵領へ行く準備はほぼ整ったと言えるだろう。あとは余計なことをしないように、言わないようにしなければならないな。


ギリアムお兄様とお母様から、フルート公爵領に住む重要人物の情報を手に入れた俺は、それを忘れないうちに記録として残しておくべく、召喚ギルドへと戻った。ここならみんなと仕事をしながら、情報をまとめることができるぞ。

「お帰りなさいませ、ルーファス王子。そのご様子だと、首尾よく運んだようですね」

「お帰りなさいませ。すぐに飲み物を準備しますね」

ララが席を立った。セルブスは俺の顔を見てゆるりと笑っている。もしかして、召喚ギルドから出るときの俺の顔、厳しい表情をしてた？　すぐ顔に出てしまうとは、俺もまだまだだな。

小型氷室からプリンを持ってきてくれたララにお礼を言ってから、お茶とプリンをいただく。せっかくなので、ラギオスたちみんなを呼んで、セルブスとララも一緒に休憩するように誘った。

もちろん、バルトとレイもである。

「セルブスの言う通り、なんとかなりそうでホッとしてるよ。これから教えてもらった人物像を、忘れないようにまとめておかないと」

「ルーファス王子はしっかりしておりますな」

「私にも手伝えることがあればよかったのですが」

感心するセルブスと、ちょっと眉を下げたララ。さすがに極秘情報を整理させるわけにはいかないからね。これは俺の胸の内にしまっておかなければならないことなのだ。書いたメモはトラちゃんの中に入れておこう。それなら俺以外の人が見ることはできないはずだ。

『プリンもいいですが、シュークリームも食べたいですね』

『ベアッ』

『ラギオス殿とベアード殿には小さすぎましたかな？』

『ピーちゃん！』

「それもそうだね。でもラギオスは子犬サイズが限界だもんなー。ベアードはもっと小さくなれるみたいだけど」

『ベアッ』

そう言ってから小さくなったベアード。うん、そのサイズなら、プリンも特大サイズになるね。あ、ラギオスがちょっと不満そうな顔をしている。どうして自分だけ大きいんだ、みたいな顔だ。

「どうしてラギオスはそれ以上、小さくなれないのかな？」

『これ以上、小さくなろうとすると、体内の魔力が邪魔をするのですよ。無理やり押し込めば小さくなれるのかもしれませんが』

何それ。まるで恒星が最後の時を迎える段階で、ブラックホールになろうとしているみたいじゃないか。やめた方がいい。絶対によくない。危険だ。危ない。

「ラギオス、無理しちゃダメだよ。きっとラギオスがすごく強いから、魔力がたくさん体の中に蓄えられているんだよ。さすがはラギオス。最強だね！」

『エヘン』

ラギオスが胸を張った。よしよし、これでなんとか危機は去ったみたいだぞ。フウ、ヤレヤレだな。

そうしてみんなでプリンを食べていると、バルトの手が止まった。

「ルーファス様、まさかとは思いますが、国王陛下への報告を忘れていませんよね？」

「報告？　なんの？　フルート公爵領へ行く日程なら、レナードお兄様が報告しているよね？」

「やはりお忘れでしたか。フルート公爵領へ行く前に、一度、召喚スキルについての調査報告をしておくべきではないでしょうか？」

「そうだった。忘れてた！」

そういえば、召喚ギルドのギルド長に任命されたときに、召喚スキルについて調べるようにと言われていたな。色々ありすぎて、すっかり忘れていた。ダメじゃん！

バルトの言う通り、一度は正式に報告しておくべきだろう。そうと決まれば、まずは準備だ。なるべく早く報告しないといけないぞ。そうでなければ、俺が報告を忘れていたことに気づかれてしまうかもしれない。


そうして俺はセルブスとララも巻き込んで、召喚スキルについての報告書をまとめた。もちろん、これから普及させるつもりの〝召喚スキルの教本〟の草案も作ってある。これをお父様に見てもらえれば、俺が召喚ギルドにいなくても教本作りが進んでいくことだろう。セルブスとララも手持ち無沙汰にならなくてすむ。なんという策士。

そして翌日、なんとか報告書を書き上げることができた。

「これで報告書は完成だ。助かったよ、セルブス、ララ」

「ルーファス王子のお役に立てて何よりです」

「このくらい、大したことではありませんよ」

二人はやり遂げたような顔をしている。たぶん俺も同じような顔をしていると思う。俺たちはこの短期間でやり遂げたのだ。

召喚ギルドの結束がますます固まったところで、さっそく報告しに行くことにする。バルトとレイに、お父様の空き時間を聞いてきてもらう。どうやら昼食の時間に話を聞いてくれるそうである。

本当に忙しいよね、お父様。俺のことを雑に扱うつもりはないんだろうけど、空き時間がそこしかなかったのだろう。それに、俺があまり緊張しないように、気をつかってくれているのかな？　あそこなら、家族以外の人は来ないだろうからね。

そう思っていたときが、正直、俺にもありました。

「あの、どうして？」

「どうしてって、ルーファスの晴れ舞台じゃない。あなたの成長をみんなが見たいと思っているのは当然だわ」

さも当然とばかりにお母様が笑っている。本当にうれしそうな顔をするよね。三男坊の成長を見ることができてうれしいらしい。

「そうだよ、ルーファス。今後のために、私も何かアドバイスできるかもしれない。それに、召喚スキルはとても気になるスキルだからね。学者としての血が騒ぐよ」

なんだかワクワクといった表情をして、目を輝かせているギリアムお兄様。ギリアムお兄様は学者の前に、次期国王だよね？　そっち方面にもっと目を向けるべきではなかろうか。

「ルーファスも成長したな～。ここは兄として、その成長をしっかりと見届けてあげなければならないな」

キリッと頼れる兄のような顔になったレナードお兄様。でもね、ここ最近でレナードお兄様の残念な姿を見ているからね？　俺の中のレナードお兄様の像が、ガラガラと崩れ落ちたのはここだけの秘密である。崩れ落ちたのはレナードお兄様の像だけじゃないけど。

「せっかくの機会だ。家族みんなで聞いても構わんだろう？　さあ、昼食にしよう。作法としてはよくないが、食べながらでいいぞ。食事は静かにするのもいいが、こうしてみんなでにぎやかにするのもまたいいからな」

どこかの高位貴族がこの様子を見たら卒倒しそうだが、他ならぬ国王陛下であるお父様がそう言うのなら、まあいいか。遠慮なく食べながら報告させてもらおう。

そうして、ちょっとどころか、かなり緩い感じの報告会が始まった。

「なるほど、召喚スキルを最大限に活用するためには、豊かな想像力が必要なのか。これまで召喚できる魔法生物の数が少なかったのはそれが原因か」

「そうなると、ルーファスのその想像力がどこから湧いてくるのかが疑問になりますね」

首をかしげるギリアムお兄様。う、なかなか鋭いところをついてくるな。だが、俺が創造神とコンタクトを取ったことを知っているお父様とお母様は、色々と察してくれたようである。

「ルーファスは小さいころからよく本を読んでいたからな。そこで豊かな想像力を身につけたのかもしれんな」

「それはありそうね。王族でもなければ、小さいころからたくさん本を読むことなんて、ないでしょうからね」

「それもそうですね」

どうやらギリアムお兄様はそれで納得してくれたようである。これでひとまず安心かな？　ギリアムお兄様は鋭いからね。まだ油断はできないけど。

「ルーファスが呼び出したラギオスたちがやたらと強かったのは、名前をつけたからだったのか。俺でも勝てそうになかったからな」

「ほう？　その話、もっと詳しく聞きたいところだな」

「初めて聞く話ねぇ？」

まずい。トラちゃんのことは報告したけど、ラギオスたちの戦いについては話してなかったような気がする。血の気が引いた俺に、レナードお兄様とギリアムお兄様のあきれたような視線が突き刺さる。

「ルーファス、まだ話してなかったのか。正直に話した方がいいぞ。デュラハンの鎧をバラバラにしたり、ガーゴイルをまとめて破壊したりしてただろう？」

「そうだね。あれはどれも見たことがない魔法だったからね。もっとも、魔法と言っていいのかさえも分からないけど」

「ルーファス？」

「えっと、それではラギオスを呼んで聞いてみましょうか！」

「待つんだ、ルーファス。ラギオス殿たちを呼んではいけない。いいな？」

クッ、俺の頼みの綱が封じられてしまった。食事中だもんね。いくら食べながら話をしているとはいえ、この場に生き物を呼び出すのはさすがにまずいだろう。どうしたものか。俺もどうなっているのかは分からないんだよね。

分かっていることと言えば、ベアードの爪が鉄も切れて、ラギオスとカイエンが光線のようなナニカを出せるということだ。たぶん本人たちに聞いても分からないような気がする。〝なんとなくできそうだから〟という理由で使ってそうだ。俺も〝なんとなくできそうだから〟でみんなを召喚しているからね。

つまり、俺もみんなも似たようなものってこと。

そんなわけで、ギリアムお兄様とレナードお兄様の力を借りて、あのときの戦いの話をする。食事中にする話ではないけど、しょうがないよね。

お母様が口元をナプキンで隠したが、それも一瞬のできごとだった。

「……そうか。あれだな、城が壊れなくてよかったな」

「そうかもしれないけど、そうじゃないような気もするわね。ルーファス、あなたがあの子たちの主なんだから、しっかりと手綱を握っておかなければダメよ？」

「肝に銘じておきます」

「そうしてくれ」

完全にあきれた顔になったお父様とお母様。胃の辺りを押さえているのは、きっと昼食を食べすぎたからなのだろう。きっとそう。

そうしてなんとか召喚スキルについての報告を完了することができた。そしてそれに対して、お父様が評価を下した。

「ルーファスのおかげで、以前よりも格段に召喚スキルに対する知識と理解が深まったと言えるだろう。だが、それと同時に、得られたものよりもさらに謎が増えたとも言えるな」

「どうも今の話を聞いていると、ほとんどルーファスにしかできないことばかりみたいですものね」

お父様とお母様の話を聞いて、ギリアムお兄様とレナードお兄様が深くうなずいている。

「母上のおっしゃることはもっともですね。ルーファスが呼び出した魔法生物は感情を持っているだけではなく、学ぶこともできる」

「それに、食事もできますからね。ああ、そういえば、忘れがちですが、話ができるのも驚くべきことのようですからね」

家族みんなからそう言われると、なんだか俺が特別な存在のように思えてしまうな。

それならば、これからは俺が特別な存在でないことを証明できるように、セルブスとララにも、もっと頑張ってもらわなければならないな。そのためにも、まずは二人を〝モフモフの沼〟に引きずり込まねばなるまい。

「ルーファス、召喚スキルについてはまだまだ謎が多い。引き続き、召喚スキルについて調査するように。それから、何か発見したら、すぐに、報告するようにな」

「分かりました。これからもしっかりとその役目を果たしていきたいと思います」

やけに〝すぐに〟を強調してお父様がそう言った。ずいぶんと警戒しているみたいだな。それだけ召喚スキルのことを不安に思っているのかもしれない。

お父様たちの不安を取り除くためにも、これからもどんどん召喚スキルを使って、新しい魔法生物たちを呼び出していかないといけないな。

さて、次はどんな子を呼び出そうかな？　召喚スキルを極めるまでには、まだまだ時間がかかりそうだ。だって、呼び出したい子がたくさんいるからね！

召喚スキルを継承したので、極めてみようと思います！

～モフモフ魔法生物と異世界ライフを満喫中～

番外編 ギリアムのかわいい弟

少し駆け足になりつつも廊下を急いで進む。

もうすぐだ。もうすぐ私の二人目の弟に会うことができる。

弟の名前はルーファス。十歳以上も年の離れた弟なだけあって、素直にうれしい。もちろん、三歳下のレナードが産まれたときもうれしかった。だが、年が近いこともあって、私が幼いころは、レナードのことをライバルとして見ていたような気がする。

今にして思えば、うれしいとは思いつつも、お父様とお母様を取られるのではないかと不安に思っていたのだろう。どこか警戒していたような気がする。

私もそのころはまだまだ幼かったということだ。もちろん、今はそんなことはない。

扉の向こうから泣き声が聞こえる。きっとあの声はルーファスの声だ。

「お父様、お母様」

待ちきれずに、扉の向こうへ声をかける。すぐに少し困ったような顔をしたお父様が扉を開けてくれた。

「なんだ、ギリアム、待っていろと言ったはずだぞ」

「申し訳ありません。でも、待ちきれませんでした」

「あらあら、いいじゃない。入りなさい、ギリアム」

扉の間からチラリと見えたお母様の様子は、とても元気そうだった。その腕の中にはルーファスがいた。

泣いているルーファスを驚かさないように、慎重に、お父様と一緒に近づいた。

かわいい！　これが私の二人目の弟！　レナードよりもかわいいんじゃないのか？　多分そう、絶対そう！

目をつぶっているので、その色は分からない。髪の色は私よりも少しだけ青いような気がする。

それでも、二人そろって並べば、間違いなく兄弟だって分かるだろう。

レナードの髪の色はお父様と同じ金色だからね。このことをレナードが知ったら、きっと悔しがるぞ。

そしてその予感は的中した。遅れてやってきたレナードが、「お兄様だけずるい」と口をとがらせてしまった。私にそんなことを言われても困るんだけどね。でも、なぜだか悪い気持ちはしなかった。


それから少しだけ月日が流れた。

ルーファスは風邪を引くこともなく、スクスクと成長している。私とレナードの後ろをちょこちよことついてくる、とてもかわいい子に育っていた。

私が勉強をしていると一緒に加わろうとするし、図書館へ行くと、ルーファスも一緒についてきた。

それはそれでとてもうれしいことなのだが、私と一緒にいても分からないことだらけだろう。ルーファスはそれでも面白いのだろうか？　そう思っていた。

だが、どうやら私はその考えを改めなければならないようだった。

「ぎいあむおにいたま、こえ、なんてよむのですか？」

「これはね、ウサギって書いてあるんだよ。耳が長いねー」

「うさぎ……」

うなずくルーファス。かわいいな。ウサギが気に入ったのかな？　それなら今度、一緒に見に行こうかな？

そう思っていると、ルーファスが動物図鑑の次のページをめくった。

「こえは？」

「これはシカだね。角が立派だね」

「しか……」

さらにページをめくるルーファス。次に出てきたのはカエルだ。

「にいたま、こえは？」

「カエルだよ」

「かえゆ……」

……もしかして、文字を理解しようとしているのだろうか？　そんなバカな。というか、そもそもこの年齢で言葉を話すのは普通なのだろうか？　レナードは確か、もっと遅かったはずだぞ。

そしてよくよく考えてみると、色々とおかしいことに気がついた。私はレナードが成長するのを見ている。だからこそ分かる。

ルーファスは歩き出すのが早かった。お母様も、使用人たちも、ものすごく驚いていたので間違いないだろう。そして歩けるようになったその日、おしめが取れた。自分でトイレに行くようになったのだ。もちろん、一人では危ないので使用人が一緒に行っていたけど。

この子はもしかして、天才なんじゃないだろうか？

そう思った私は、ルーファスをためしてみることにした。ルーファスが読んでいる動物図鑑のページをめくり、とある動物が載っているページを開いた。

「ルーファス、この動物が何か分かるかな？」

「こえは……うし？」

「正解だよ。それじゃ、これは？」

「さる……？」

「正解！　すごいよ、ルーファス。やっぱり文字を理解していたんだね！」

私が開いたページは、どちらも、先ほどルーファスが質問した、動物の名前の一部が入ったものだ。それらを組み合わせることで、答えを導き出すことができるようにしていた。

うれしさのあまり、私はルーファスを抱きしめた。

だが、抱きしめられたルーファスはなんだか妙な顔をしている。あの顔は、レナードが何かやらかしたときにする顔とまったく同じだ。

「ルーファス？」

「ん？」

そう言って首をかしげたルーファス。

何これかわいい！　私の弟、控えめに言って、天使すぎない!?

「あ……ああ……」

「ぎいあむおにいたま？」

かわいすぎる。私の弟がかわいすぎる。レナードもかわいかったと思うけど、ルーファスはその何倍もかわいい！

「……様！　お兄様！」

「わっ、レナード、いつの間に！」

「いつの間に、じゃないですよ。さっきから呼んでいたじゃないですか。部屋で先生が待ってますよ。早く行った方がいいのではないですか？」

「もうそんな時間!?」

慌てて時間を確認すると、確かにもう勉強の時間だ。ルーファスと一緒にいると、時間があっという間に過ぎ去ってしまう。

「そういうわけだから、ルーファスは俺と一緒に本を読もうね〜」

「あい!」

「あっ、あああ……!」

私のルーファスがレナードの膝の上へと移動していった。

くっ、待っているんだよ、ルーファス。すぐに勉強を終わらせて戻ってくるからね!

召喚スキルを継承したので、極めてみようと思います！ ～モフモフ魔法生物と異世界ライフを満喫中～ 1

2024年2月25日　初版第一刷発行

著者　えながゆうき
発行者　山下直久
発行　株式会社KADOKAWA
〒102-8177　東京都千代田区富士見2-13-3
0570-002-301（ナビダイヤル）
印刷・製本　株式会社広済堂ネクスト
ISBN 978-4-04-683375-4 C0093

担当編集　永井由布子
ブックデザイン　AFTERGLOW
デザインフォーマット　AFTERGLOW
イラスト　nyanya

本書は、カクヨムに掲載された「召喚スキルを継承したので、極めてみようと思います!」を加筆修正したものです。

この作品はフィクションです。実在の人物・団体・事件・地名・名称等とは一切関係ありません。

ファンレター、作品のご感想をお待ちしています

宛先　〒102-0071　東京都千代田区富士見 2-13-12
株式会社 KADOKAWA　MFブックス編集部気付
「えながゆうき先生」係「nyanya先生」係

二次元コードまたはURLをご利用の上
右記のパスワードを入力してアンケートにご協力ください。

https://kdq.jp/mfb

パスワード
pjhpe

● PC・スマートフォンにも対応しております（一部対応していない機種もございます）。
●アンケートにご協力頂きますと、作者書き下ろしの「こぼれ話」が WEB で読めます。
●サイトにアクセスする際や、登録・メール送信時にかかる通信費はご負担ください。
● 2024 年 2 月時点の情報です。やむを得ない事情により公開を中断・終了する場合があります。

辺境の魔法薬師
自由気ままな異世界ものづくり日記
STORY
ある日女神に「私の世界の魔法薬を改革してほしい」と頼まれ転生すると、そこでは「最低品質」「ゲロマズ」「もはや毒」の三拍子が揃った悪夢のような魔法薬がはびこっていた！　辺境伯家の三男ユリウスとして転生した俺は、前世のゲームスキルを活かし魔法薬改革をスタートさせる。
えながゆうき
イラスト：パルプピロシ
第7回
カクヨムWeb小説コンテスト
異世界ファンタジー部門
特別賞
受賞作
激マズ魔法薬を発展させながら、
のんびり
ものづくり
スローライフを
楽しみます！
MFブックス新シリーズ発売中!!
MFブックス

家臣に恵まれた
＼転生貴族の／
幸せな
日常
KASHIN NI
MEGUMARETA
TENSEIKIZOKU NO
SHIAWASE NA
NICHIJOU

アンケートに答えて著者書き下ろし「こぼれ話」を読もう！

「こぼれ話」の内容は、
あとがきだったり
ショートストーリーだったり、
タイトルによってさまざまです。
読んでみてのお楽しみ！

よりよい本作りのため、
読者の皆様のご意見を参考にさせて頂きたく、
アンケートを実施しております。

奥付掲載の二次元コード（またはURL）にお手持ちの端末でアクセス。

↓

奥付掲載のパスワードを入力すると、アンケートページが開きます。

↓

アンケートにご協力頂きますと、著者書き下ろしの「こぼれ話」がWEBで読めます。

- ●PC・スマートフォンに対応しております（一部対応していない機種もございます）。
- ●サイトにアクセスする際や、登録・メール送信時にかかる通信費はご負担ください。
- ●やむを得ない事情により公開を中断・終了する場合があります。